UN PARFUM DE SOUFRE

Employé par une grande agence publique, Sylvain Forge est expert en cybersécurité. Il a obtenu le prix 2018 du Quai des Orfèvres pour son roman *Tension extrême. Sauve-la* a obtenu le prix Cognac du meilleur roman francophone en 2020, ainsi que le prix Découverte polar Les Petits Mots des libraires et le Prix du roman Cyber en 2021 (ANSSI et Agora 41). Sylvain Forge parvient à associer des recherches scientifiques fouillées à un sens aigu du suspense. Ses ouvrages ont déjà conquis plus de 200 000 lecteurs. *Un parfum de soufre* est son quatrième roman.

Paru au Livre de Poche :

PARASITE

SARA

SAUVE-LA

LA TRACE DU SILURE

SYLVAIN FORGE

Un parfum de soufre

ÉDITIONS DU TOUCAN

ISBN : 978-2-253-24955-9 – 1re publication LGF

En Inde, bien veiller à n'être ni chien ni veuve.

Henri MICHAUX,
Un barbare en Asie

À Betty et Nora

Prologue

C'est à cet instant qu'il sentit une main l'agripper par les cheveux et lui tirer violemment la tête en arrière. La douleur déchira le voile qui embrumait son esprit. Il vit les ligatures qui maintenaient ses chevilles et ses poignets à la chaise. Il n'était vêtu que de son caleçon. Son jean était roulé en boule dans un coin de la pièce, sa chemise, écharpée et tachée de sang, gisait au sol.

Un ruban adhésif, sommairement posé sur sa bouche, lui masquait une narine. Il peinait à respirer. Il devait se calmer, économiser son souffle.

Il faisait incroyablement lourd. On devinait le vol lancinant des mouches et une odeur étrange, malsaine, tout autour.

Dans la pénombre, le mobilier de la chambre était fantomatique.

Il ne pouvait empêcher ses jambes de trembler. La sueur glissait sur son front, venait irriter un hématome et finissait par lui brûler les yeux.

Devant lui, la silhouette s'affairait au-dessus d'une boîte en fer. Elle ne parlait pas, ne lui jetait aucun regard. Après de longues minutes, elle s'approcha. Il voulait supplier son agresseur, mais, sous le bâillon, ses mots s'achevaient dans un cri.

Le jeune homme fixa sa victime sans ciller. Il vérifia que le bout de tissu était bien en place. Il alluma l'interrupteur et prit un tabouret près d'une table Formica. Il revint s'asseoir devant le captif dont les muscles se tétanisaient lentement. De grosses larmes coulaient le long de ses joues.

— Dans quelques instants, tout sera fini. Mais avant, tu vas répondre à mes questions. Tu peux crever comme un rat ou partir en douceur, à toi de décider.

L'ampoule les recouvrait d'une aura jaune sale.

Le ravisseur rapprocha la boîte en fer du pied et l'ouvrit maladroitement.

En voyant ce que l'autre venait d'en extraire, le vieillard frémit d'horreur.

Partie I

LA VIEILLE DAME AUX CAILLOUX

1

Pays de Retz, au sud-ouest de Nantes

Le vent s'était levé avec le crépuscule. Les nuages lourds de pluie dressaient un voile charbonneux au-dessus des champs. Un peu avant Saint-Hubert, l'orage gronda et de fortes averses inondèrent la départementale. Marcela Goncalves chassa la buée du pare-brise avec le revers de sa manche. Bientôt, ce fut le déluge. Elle gara sa berline près d'un fossé et attendit l'accalmie. Sa montre indiquait 23 heures quand elle reprit la route.

Une pancarte à l'entrée d'un chemin annonçait : « Demeure des Agapanthes ». La maison de retraite était la dernière construction avant la forêt de Machecoul.

Sur l'allée de gravillons, elle vit des phares cisailler les buissons des bas-côtés avant de venir l'aveugler. Elle jura et klaxonna, ne devinant au milieu du reflet de l'eau et le chuintement des essuie-glaces qu'une forme blanche qui la croisa à vive allure.

Marcela se rangea sur le parc de stationnement, bordé de larges bouquets d'hortensias. Elle sortit de son véhicule et pointa vers le ciel le bout de son parapluie, humant l'air.

L'herbe mouillée charriait des odeurs capiteuses.

La proximité des bois, noyés de ténèbres, et la lumière chiche autour de la résidence n'étaient pas pour la rassurer. Aller jusqu'à l'accueil et prévenir la permanence impliquait de franchir plusieurs dizaines de mètres dans l'obscurité. Elle n'aimait pas ça.

Parvenue à l'entrée, elle sonna et maronna deux minutes avant que la porte ne s'ouvre.

Connasses, murmura-t-elle entre ses dents. Les deux infirmières de garde la méprisaient. Elles prenaient toujours un malin plaisir à la faire poireauter dans le froid. La nuit, elles régnaient sans partage sur la soixantaine de pensionnaires et tout le personnel d'entretien. Marcela traversa le grand couloir piqueté de veilleuses, sans un regard pour le local vitré des deux harpies. Devant son armoire métallique, elle déplia son parapluie et le laissa goutter sur un banc. Elle posa son imperméable dans la bonnetière et enfila ses chaussures de ménage à semelle souple. Elle vérifia le contenu de son chariot, les serpillières et les balais, et le poussa en direction du corridor. Tous les retraités dormaient paisiblement.

Après s'être occupée des toilettes, elle passa dans une autre aile de la résidence pour s'attaquer au sol. Une pendule affichait 2 h 30. Des effluves insolites flottaient dans l'air. C'était quelque chose de sucré et de collant à la fois. Plus elle avançait dans l'allée, plus ils s'accentuaient. Marcela songea à de la viande rôtie, une pensée agréable. Après quelques mètres, elle opta pour du bitume brûlant, avec une pointe de cassonade.

Devant la chambre numéro 16, il n'était plus question d'un fumet de grillade, mais d'une odeur plus méphitique. Elle recula d'un pas et jeta un coup d'œil au pied du panneau d'entrée, croyant y déceler de la fumée.

Mais il n'y avait rien. Elle frappa doucement, puis plus fort. Aucun signe de vie. Elle enfila un gant de ménage et essaya d'ouvrir : c'était verrouillé.

Quand Marcela accourut pour donner l'alerte, Gisèle mit un certain temps à réagir. Cette histoire était absurde. Toutes les chambres étaient dotées d'un détecteur d'incendie et l'installation des Agapanthes, moderne et bien équipée, avait fait l'objet d'une visite récente de la commission d'hygiène et de sécurité. Tout fonctionnait à merveille. S'il y avait eu le feu dans la piaule, le mécanisme aurait carillonné depuis belle lurette.

Gisèle attrapa son passe et suivit l'employée en traînant des pieds.

Dès son arrivée dans le couloir, elle fronça les sourcils. Cette odeur…

Gisèle introduisit la clef dans la serrure et poussa la porte.

Elle appuya sur l'interrupteur et ce qu'elle vit viendrait la hanter bien des années plus tard. Sur le lit, face à l'entrée, quelque chose d'indéfinissable se tenait là. Elle pensa d'abord à une épaisse couche de mycènes. C'était noir et poreux. En s'approchant, elle comprit que ça ne pouvait être que les restes de la vieille dame qui occupait la chambre.

Le cadavre n'était plus qu'un tas de cendres.

Plus dérangeant encore, tout l'environnement du matelas semblait intact.

Gisèle se rua vers un téléphone et composa le 18.

Quand le sapeur-pompier lui demanda ce qui s'était passé, elle ne put souffler qu'une chose. Elle la répétait en boucle.

Une patiente était morte dans son lit : elle avait brûlé toute seule.

2

À Nantes, c'était l'hiver. Un brouillard dense recouvrait le quai des Antilles. *Les Anneaux* de Buren – symboles du passé négrier de la ville – perçaient la brume du petit jour.

Isabelle Mayet, jolie quadragénaire à la chevelure blonde et frisée, remonta la capuche de son survêtement et accéléra l'allure. Elle longea le palais de justice, si familier, et s'engagea avec une pointe d'appréhension sur la passerelle au-dessus des eaux grises de la Loire avant de rejoindre le centre-ville.

Elle habitait depuis trois ans dans un T2, perché au dernier étage d'un immeuble désuet du passage d'Orléans. La bâtisse était remplie de cabinets médicaux : psychiatres, dentistes, ophtalmologistes et kinésithérapeutes étaient ses voisins. Une cohabitation qui prenait fin tous les jours, entre 18 et 19 heures. Après, Isabelle était seule au monde ; l'unique âme d'une résidence fantôme. Au début, cette solitude l'avait amusée.

Puis, les craquements nocturnes, le vent qui mugissait sous les tuiles et le travail des boiseries commencèrent à l'agacer. Certains soirs, elle peinait à trouver le sommeil. Ces crissements la maintenaient sur le qui-vive.

Elle entra dans la salle de bains, se déshabilla et

machinalement vérifia la présence de son Sig-Sauer dans sa boîte sécurisée, dissimulée entre deux serviettes. Depuis qu'elle avait été victime d'une agression[1], peu après son arrivée à Nantes, elle gardait son arme chez elle plutôt que dans l'armoire forte de la police judiciaire de Nantes.

Isabelle alluma la douche et passa sous le jet fumant. Dans le salon, Tony Bennett et Amy Winehouse murmuraient les paroles de « Body and Soul ».

Le temps avait fait son œuvre et, grâce à son thérapeute, elle avait repris le dessus. Mais la nuit, parfois, s'invitaient encore d'affreux cauchemars : le souvenir de son ravisseur, celui des tunnels engloutis et l'odeur de la vase venaient la hanter. Isabelle se réveillait en suffoquant. De sa séquestration, en outre, elle avait conservé une abyssale peur de l'eau. Finis, la piscine et le cabotage. Prendre ne serait-ce qu'un bain lui était difficile.

Quand son portable se mit à bourdonner, elle grimaça, ferma le robinet et saisit un peignoir qui traînait sur le tapis.

Ce devait être important, elle n'était pas d'astreinte.

— Isa, tu es chez toi ?

C'était le lieutenant Bruno Farge, son équipier à la PJ.

— À ton avis ? J'étais sous la douche.

— Désolé, mais il faut que tu descendes fissa. On est garés cours des Cinquante-Otages, à côté de chez toi.

— On est dimanche, c'est la guerre ? Et Christian, c'est lui, le puni de la semaine, où est-il ?

— Assis à côté de moi. Rapplique.

---

1. Voir *La Trace du silure*, Le Livre de Poche n° 35081.

Cinq minutes plus tard, les cheveux humides, Isabelle s'engouffra à l'arrière de la Toyota grise.

— Qu'est-ce qui se passe, bon Dieu ?

Le commandant Christian Charolle, chef du groupe crim, se retourna et la fixa d'un air grave.

— La brigade de gendarmerie de Machecoul nous a appelés à propos d'une découverte de cadavre, cette nuit. La mort est suspecte, pour le moins. Le corps est entièrement carbonisé. Le parquet requiert notre présence ; je crois qu'il veut nous refiler l'affaire.

— Une rixe entre pochards qui a mal tourné ?

— Pas du tout : une petite vieille a cramé dans son lit. C'est arrivé dans une maison de retraite du pays de Retz, près de Machecoul.

Isabelle porta une main à sa bouche ; elle devint livide.

— Machecoul… mais c'est…

— Oui, Isa, c'est à la Demeure des Agapanthes. Là où se trouve ta mère.

3

Avec le gyrophare et le deux tons, la voiture de la brigade criminelle mit à peine vingt minutes pour rejoindre l'établissement. Isabelle était assaillie par l'angoisse ; durant tout le trajet, elle avait bombardé Charolle de questions auxquelles il n'avait su répondre. Le message des pandores était laconique : les pompiers avaient trouvé une pensionnaire des Agapanthes carbonisée dans son lit, l'origine du feu était inconnue. Plusieurs éléments avaient incité le procureur à requérir d'urgence la PJ de Nantes.

La mère d'Isabelle souffrait de la maladie d'Alzheimer et sa fille avait dû renoncer, il y a quelques années déjà, à son poste de chef de groupe à la brigade criminelle du 36, quai des Orfèvres pour se rapprocher d'elle et l'accompagner dans la maladie. L'été dernier, son état s'était dégradé et les médecins l'avaient convaincue de la placer dans un lieu adapté. Or, dans la région, les Agapanthes faisait figure de résidence modèle. Outre une maison de retraite classique, elle possédait une unité de vie protégée qui accueillait les patients atteints de troubles cognitifs sévères. De nombreux services leur étaient proposés : balnéothérapie, salle de stimulation sensorielle et même une rampe de déambulation.

Le parking de la résidence était encombré de véhicules de secours.

Christian Charolle se gara en retrait, prenant garde de ne pas obstruer le passage. Plusieurs soldats du feu faisaient le pied de grue près des fourgons de première intervention ; des militaires discutaient à l'écart. Manifestement, il n'y avait plus péril en la demeure.

— Il y a plusieurs morts ? demanda Isabelle d'une voix blanche.

Charolle remonta la fermeture Éclair de son blouson et la suivit, accompagné du lieutenant Farge.

— Je ne crois pas.

Elle enfila son brassard orange « POLICE » et fonça à l'intérieur de la maison de retraite. La jeune femme connaissait parfaitement les lieux, surtout l'aile sud, avec le sol mauve et les murs aux teintes vitaminées. Devant la chambre de sa mère, Isabelle trouva porte close. Elle s'énerva stupidement sur la poignée, puis interpella une infirmière qui passait :

— Je suis la fille de Claire Mayet ! Où est-elle ? Va-t-elle bien ?

L'employée lui parla avec calme. Tous les anciens du couloir avaient été relogés dans un autre secteur, le temps que les pompiers s'assurent de l'absence d'un dysfonctionnement électrique ou d'une fuite de gaz. Sa mère n'était pas la victime, elle dormait paisiblement.

Isabelle sentit un poids qui quittait son ventre. Elle rejoignit Charolle qui s'entretenait dans le hall avec le commandant de gendarmerie. Un autre homme, aux tempes grisonnantes et vêtu d'un imperméable noir, écoutait les enquêteurs en plissant les yeux.

— Oh non, pas lui ! fit-elle en serrant les dents.

Le vice-procureur Samuel Vanneck. Dès son arrivée à Nantes, il y avait trois ans de cela, elle avait senti qu'elle ne le laissait pas indifférent. À l'époque, il s'ennuyait à mourir dans les mailles d'un mariage béni par la bourgeoisie nantaise. Le parquetier lui avait fait des avances.

Au fond, c'était un type bien, quoique écrasé par un héritage à sang bleu. Mais Isabelle ne prêtait aucune attention aux hommes en couple, elle connaissait trop bien leur pusillanimité ; le magistrat n'avait pas eu l'ombre d'une chance.

Vanneck vit la capitaine qui approchait et un léger sourire barra son visage fatigué.

Il attendit qu'elle soit à sa hauteur pour se tourner vers le militaire.

— Tout risque d'incendie est-il écarté, commandant ?

— Nous serons bientôt fixés. Le directeur de l'établissement, Jean-Charles Dupré, s'entretient avec le lieutenant Jocelyn du centre de secours de Machecoul. C'est lui qui a conduit la commission d'hygiène et de sécurité des Agapanthes. Quand ses gars auront fini de tout inspecter, il nous fera part de ses conclusions.

— Cet incident est très fâcheux, maugréa Vanneck. Les Agapanthes ont une sacrée réputation : la liste d'attente est longue. Et puis, le site s'est installé en Loire-Atlantique avec l'assentiment appuyé du préfet. Il faut que cette affaire soit tirée au clair, et vite.

Cyril Bouvron, l'officier de gendarmerie, acquiesça.

— J'ai fait venir un maître-chien du peloton de surveillance et d'intervention de Rezé. Son berger allemand est entraîné pour détecter la présence de PAIC[1]. L'animal n'a rien trouvé.

---

1. Produits accélérateurs d'incendies criminels.

— Le cadavre, qu'en pensez-vous ?

Bouvron eut un geste las.

— Dans l'attente de savoir quel serait le service saisi, mes hommes se sont bornés à préserver les traces et indices. Notez que les pompiers ont fait le tour de la chambre à la recherche de sources d'allumage. La scène n'est plus « vierge ».

— Mais vous avez bien une opinion ?

— C'est le professeur Félix Malville, du CHU de Nantes, qui s'est déplacé. Il n'a pu que constater la mort. L'affaire n'est pas banale, c'est le moins qu'on puisse dire. La recherche dans la piaule n'a rien donné : la victime ne fumait pas, aucune présence de briquet ni d'allumettes. Les connexions électriques et les luminaires fonctionnent normalement. Mais ce n'est pas tout. Selon les employées qui ont découvert le corps, la chambre était fermée de l'intérieur.

— Un suicide ?

— Mais avec quel accélérateur ? Il n'y avait pas d'alcool ni de bougie !

— Les petits vieux s'enferment la nuit ? demanda Charolle.

— C'est une des questions qu'il faudra poser au personnel, soupira le gendarme.

Le chef du groupe crim s'adressa à Vanneck :

— À ce propos, monsieur le vice-procureur, quel service sera chargé de l'enquête ?

Bouvron se tourna ostensiblement vers le magistrat.

— La brigade de recherche de Pornic, appuyée par notre section régionale, pourra s'en occuper. Et puis, nous sommes en zone gendarmerie.

Vanneck sembla acquiescer.

— Qu'en pensez-vous, commandant ?

— Ce n'est pas le travail qui manque, vous connaissez nos dossiers en souffrance. Mon avis ? Je n'en ai pas, je n'ai pas vu le corps de la défunte.

Vanneck allait trancher quand il croisa le regard d'Isabelle. Elle le fixait.

— Puis-je vous parler un instant, monsieur ?

Le visage du magistrat s'adoucit.

— Bien sûr.

Devant le gendarme médusé, il s'éloigna avec la policière.

Quand il fut certain de n'être pas entendu, il se pencha vers elle.

— J'ai appris que votre maman réside aux Agapanthes. C'est pour cela que j'ai demandé à la PJ de venir. Résoudre cette enquête doit vous tenir à cœur.

— Vous ne pensez pas que je suis trop impliquée ?

Vanneck fit un geste de la main.

— À la Crim, vous chassez en meute, je ne m'inquiète pas. Quant à vos compétences, en toute objectivité, j'ai pu les apprécier.

Elle ne sut quoi dire.

— Bon, vous voulez l'affaire, oui ou non ?

— Si les patients de cet établissement sont en danger, je dois le savoir, monsieur…

Ce dernier mot, donné en privé, le fit tiquer.

— Il m'a fallu du temps pour pouvoir vous vouvoyer de nouveau, Isabelle.

— Vous vous en sortez bien. Ma réponse, c'est oui.

Vanneck retourna vers les deux autres.

— Le cas est insolite : je saisis l'antenne PJ de Nantes.

Le gendarme salua sèchement l'assistance et tourna les talons.

— Commandant, procédez aux constatations et tenez-moi au courant à l'issue de l'autopsie.

Quand le magistrat fut parti, Charolle jeta à Isabelle un regard narquois.

— C'est à tes charmes qu'on doit cette nouvelle affaire, pas vrai ?

— Ma mère vit ici, s'il y a un taré qui se balade avec un lance-flammes, j'ai envie qu'il soit coffré rapido. Tu peux comprendre ça, non ?

— Ne t'énerve pas, je me demandais juste s'il t'avait toujours à la bonne, c'est tout. Ce qui me chiffonne, c'est qu'à jouer à l'affectif, le gars pourrait bien te prendre en grippe du jour au lendemain. Du coup, c'est tout le groupe qui subirait les mauvaises humeurs du parquet.

— Il n'y a jamais rien eu entre nous, et puis il a trop peur du scandale pour devenir agressif. Ne t'en fais pas : c'est un tendre. C'est pour ça que sa femme lui marche dessus depuis des années.

Le lieutenant Farge les rejoignait. Charolle vit le carnet qu'il avait à la main.

— L'affaire est pour nous. Tu as inspecté le cadavre ?

— À l'instant, et ce n'est pas joli. La brûlée s'appelle Ajita Bihar, nationalité française, probablement naturalisée. La nuit dernière, il n'y avait que deux membres du personnel dans l'établissement. Toutes les issues étaient fermées ; il y a même un code intérieur pour éviter que les petits vieux ne se fassent la malle.

Bruno Farge leur indiqua le chemin qui menait à la chambre. L'odeur suffisait à jalonner la voie.

Dans les couloirs, des pompiers rangeaient leur matériel. Des blouses blanches les croisaient d'un pas rapide ; l'inquiétude se lisait sur les visages.

Charolle entra le premier. Il baissa la tête pour ne pas arracher la rubalise jaune, siglée « Gendarmerie nationale – zone interdite ». Il s'approcha du lit, à demi étourdi par l'odeur. En sortant, il saisit son téléphone.

— J'appelle l'identité judiciaire. J'espère qu'Hugo sera outillé. Putain, vous avez vu ce barbecue !

Isabelle et Bruno enfilèrent gants de latex et couvre-chaussures. Elle prit un dictaphone. De son côté, le lieutenant fit un croquis de la pièce ; il compta les meubles, les ouvertures et le positionnement des uns et des autres avec la dépouille. Le local faisait dans les trente mètres carrés. Une fenêtre rectangulaire à double vitrage – il s'assura qu'elle n'avait pas été forcée – était occultée par des tissus traditionnels. Quand la lumière du jour passait au travers, la chambre se moirait de taches colorées.

Isabelle s'approcha du lit et porta le micro à ses lèvres.

— Soixante-dix pour cent du corps est réduit à l'état de cendre : identification anthropométrique impossible. La taille initiale pourrait être d'un mètre soixante environ. Seuls n'ont pas brûlé la calotte du crâne, où pend une touffe abondante et grise de cheveux, les membres inférieurs – au niveau des genoux – et l'avant-bras droit. Observons des chicots épars dans un reste de mâchoire. Nous en prélevons quatre aux fins de comparaison ultérieure avec le dossier dentaire de la victime. Disons qu'ils constituent le scellé numéro 1. Du fait de la chaleur intense, les articulations sont fracturées à hauteur des jointures supérieures et inférieures. À l'emplacement du buste : disparition complète des parties molles dans un épais tapis de résidus pulvérulents. Les os de la cage thoracique sont presque entièrement calcinés. L'avant-bras est préservé ; présence d'un bracelet de quatorze perles de couleur blanche autour du poignet. Le bijou est congloméré dans la chair. Il sera notre scellé numéro 2 lors de son extraction, durant l'autopsie. Au final, nous ne constatons ni blessure apparente ni trace de liens.

Isabelle fit un pas en arrière pour s'affranchir une seconde de l'odeur.

— J'aimerais la retourner, mais j'ai peur que tout me reste dans les mains. On va attendre qu'Hugo soit là pour les photos.

Bruno hocha la tête sans répondre, il s'agaçait à tenter de déplier un fauteuil roulant, rangé dans un coin.

*

Le brigadier Hugo Essevia, ASPTS[1], les rejoignit avec une assistante. Il affichait sans vergogne son look de motard malgré le gilet gris « Police technique et scientifique » qu'il portait sur le dos.

— Ta mère, comment va-t-elle ? fit-il en apercevant la capitaine près de l'entrée.

— Elle dort comme un bébé. Quand tu auras fini, il

1. Agent spécialisé de la Police technique et scientifique.

faudra qu'on bouge le macchab. Christian, tu sais quand viendront les pompes funèbres pour la levée du corps ?

— Pas avant une bonne heure ; on a le temps de recueillir les premières impressions du chef des pompiers.

Pendant qu'il partait à sa recherche, Hugo enfila sa combinaison intégrale blanche, sa charlotte, une paire de gants et ses chaussons ; son équipière fit de même. C'était une mignonnette aux yeux de biche tout juste sortie de la fac. Il la courtisait gentiment depuis des semaines : sans succès pour l'instant.

Isabelle bâilla.

— Ça a piétiné dur au moment de la découverte du cadavre, les pompiers ont tourné un peu partout avec leurs galoches. Mais le sol était propre, on repère aisément les marques. Il faudra que tu inspectes tout de près.

— OK, capitaine. Et si vous alliez prendre un jus de chique en laissant faire les pros ?

Quand elle revint dans la chambre, Hugo était accroupi.

— Eh bien, dit-il en l'apercevant, j'ai relevé de petits dépôts de terre. Près de la table de chevet.

Il fit un signe et la technicienne lui tendit un flacon rempli de thiocyanate d'ammonium. Elle y avait ajouté un soupçon d'acide nitrique. En touillant, la préparation devint aqueuse. À l'aide d'un spray, il la vaporisa sur la trace. En quelques instants, l'additif accentua d'orange un contour de pas.

— Humm, joli, ça. Noémie, fais-moi un beau cliché.

— T'as trouvé quelque chose ? fit Isabelle depuis le couloir.

— Une empreinte de chaussure de tennis Puma, pied gauche, taille 41. Le nombre figure au milieu de la semelle.

— Hugo, t'es trop fort ! s'extasia la fille en réglant le zoom de son appareil.

— Je pourrais t'apprendre tellement de choses, fit-il en se redressant.

Il frotta ses genoux.

Isabelle le rejoignit à l'intérieur.

— Tu as pris des photos du corps ?

— J'attendais tes instructions, capitaine.

Isabelle lui demanda d'immortaliser le bracelet du poignet, les cheveux et divers autres détails.

— On a la chance d'avoir une paluche à peu près intacte. Il faudrait faire un prélèvement d'ongles pour voir si elle ne s'est pas débattue en griffant un agresseur. Il y aura peut-être de l'ADN à ramasser.

— On sent nettement la rigidité cadavérique. Je note que le relevé d'empreintes digitales sur l'index de la main est possible. Je vais l'effectuer de suite.

Quand Hugo eut fini, il entoura l'extrémité avec un sac papier et utilisa du Chatterton pour tout ficeler.

Le gradé fit encore plusieurs photos d'ensemble.

Ensuite, il aida Isabelle à mettre la dépouille sur le côté. L'entreprise s'avéra délicate. Une partie du dos était intacte, les zones de peau en contact avec le drap n'avaient pas brûlé.

Elles formaient un triangle rosâtre, la base reliant les omoplates et le sommet pointant vers le bassin. Autour, tout ce qui avait grillé prenait la consistance du charbon.

— On voit une lividité cadavérique dorsale, fit Isabelle.

— C'est cohérent avec la position dans laquelle on l'a trouvée. Le corps n'a pas été déplacé après la mort.

L'odeur était vraiment dérangeante : entêtante comme le souvenir d'un méchoui.

Pour conclure, Hugo demanda à rester avec sa collègue. Il éteignit la lumière de la chambre, tira la porte et, chaussé de lunettes de protection, balaya minutieusement la pièce avec une lampe équipée de diodes à ultraviolet. Il cherchait des traces de sang effacées. En vain.

Il rejoignit Isabelle dans le couloir. Elle semblait songeuse.

— C'est incompréhensible, comme crémation, tu ne crois pas ?

— C'est clair : j'ai photographié toutes les zones touchées par le feu, seuls une partie des draps et l'oreiller sont concernés. Comme si la vieille avait brûlé dans son lit sans que les flammes ne se propagent autour.

— Tu as une explication ?

Hugo allait dévoiler sa perplexité quand une voix rêche se fit entendre dans leur dos.

4

— « Pensez à l'accélérant ! »

Ils se retournèrent, surpris.

C'était Jocelyn, le commandant du centre de secours de Machecoul. L'homme était grand et fort. Sa mâchoire carrée et une moustache tombante lui donnaient un air de cosaque. Il portait sa veste sur l'épaule et son casque sous le bras.

— Qu'est-ce que vous voulez dire ? demanda Isabelle.

— La même chose qu'aux gendarmes, il faut voir si cette pauvre vieille n'a pas été aspergée par un activateur quelconque : alcool à brûler, éthanol ou autre.

Hugo approuva et s'employa à mettre sous scellés un morceau de robe. Il la découpa près d'un pied. Il en profita pour prélever une bonne touffe de cheveux, qu'il conditionna dans une enveloppe.

— Quand vous êtes arrivés sur place, la victime flambait encore ? demanda Isabelle.

— Non, mais ce qui restait du corps était chaud.

— J'ai appris que le système d'incendie n'a pas fonctionné, comment cela est-il possible ?

— Il était aux normes. Il y a quelques semaines à peine, avec la commission de sécurité, nous avions fait un check-up complet. Tout était nickel.

— Alors, comment l'expliquez-vous ?

— Je vais vous montrer. Je peux entrer dans la chambre ?

Jocelyn prit une chaise et la disposa au centre de la pièce, devant le pied du lit. Il se hissa dessus et désigna un boîtier circulaire accroché au plafond.

— C'est un détecteur de fumée optique, un modèle parfaitement opérationnel.

— Pourtant il est resté silencieux.

— Exactement.

— Je ne comprends pas.

— Regardez. Le pompier sortit un Zippo de sa poche et enflamma un mouchoir en papier qu'il avait pris dans son blouson. Un fin panache blanc s'éleva. Au bout de quelques instants, une sonnerie retentit. Jocelyn pressa un bouton à la base de l'appareil et le tocsin s'arrêta net.

— N'importe qui peut bloquer le système manuellement ! Depuis la chambre…

— Oui, il existe une fonction « Muet » destinée à lutter contre les alarmes intempestives.

— Peut-on la neutraliser avant d'allumer un brasier ?

— Bien sûr. C'est le cas dans les cuisines, avant de faire des grillades.

Isabelle et Hugo contemplaient le soldat du feu qui les dominait. La lampe lui dessinait une auréole. Un ange à moustache.

Elle se tourna vers Bruno.

— Si la vieille était en fauteuil roulant, elle était bien incapable d'actionner la commande elle-même. Quelqu'un a dû le faire à sa place.

— Admettons, mais quid de la porte fermée ?

Le lieutenant reprit son calepin.

— La soignante qui a trouvé le corps a précisé que les clefs de la chambre étaient à l'intérieur, au pied de l'huisserie. Comme si l'ancienne s'était retranchée.

— Il faudra tirer ça au clair. Monsieur Jocelyn, nous allons vous remettre une convocation pour l'hôtel de police. Nous aurons besoin de prendre votre déposition.

— C'est le grand bâtiment, à Waldeck ?

— Oui. Une dernière chose si vous voulez bien. Quelle est votre conclusion sur cet incendie ?

— Je vous remettrai mon rapport en même temps que la signature de mon audition. Mais sachez que nous n'avons trouvé ni appareil électrique défectueux ni produit inflammable. La vieille ne fumait pas, ce qui exclut l'hypothèse d'un mégot oublié. Elle a été la proie d'une carbonisation massive. Il faut noter que le corps humain contient soixante-dix pour cent d'eau, c'est un bien mauvais comburant. C'est comme si cette dame avait littéralement grillé dans un four. Et puis, il y a un autre mystère. La chaleur du « brasier » ne s'est pas propagée à l'environnement par rayonnement, mais par simple conduction. En clair, la carcasse s'est consumée toute seule.

Hugo fronça les sourcils.

— Une autocombustion ?

— CHS : combustion humaine spontanée, c'est l'expression commune, fit l'officier d'une voix sourde.

— Je croyais que c'était des idioties, comme les soucoupes volantes ! lança Isabelle.

— La combustion spontanée n'est pas une chimère : des solvants ou de l'huile de lin, absorbés par des chiffons, peuvent très bien s'enflammer. Je me souviens d'une affaire : une chambre d'hôtel fermée où un incendie s'était développé. Il s'agissait d'un fil électrique dénudé – en l'espèce, rongé par des souris – et compressé sur une moquette par un pied de meuble. La pièce était close ; l'humidité avait entraîné une déviation du courant qui occasionna un départ de feu.

— Mais rien d'équivalent ici, assura Bruno.

— En effet. Mais il y a plus dérangeant encore. Pour qu'un corps soit réduit en cendres, squelette compris, il faut une fournaise dont la température atteint 1 500 degrés. Dans un sinistre domestique, la chaleur ne dépasse pas les 800 degrés. Les victimes sont retrouvées calcinées, mais les os sont intacts ! Même dans une crémation funéraire, qui flirte avec les 1 000 degrés, on doit ensuite broyer ce qui reste de la carcasse pour obtenir un résidu homogène.

— Vous ne croyez tout de même pas à une explication surnaturelle ?

Le sapeur-pompier sourit.

— Je ne connais pas de sinistre qui n'obéisse au sacro-saint triangle : comburant – chaleur – combustible. De l'air, un activateur et la matière qui va avec. Le cumul est nécessaire ; il n'y a pas d'exception. Si un élément vient à manquer, le feu s'éteint. C'est aussi sûr que deux et deux font quatre.

Sur ces derniers mots, Jocelyn prit sa convocation prétamponnée et partit rejoindre ses hommes qui attendaient dehors.

Pendant qu'Hugo, Bruno et Isabelle s'occupaient de la scène de crime, Christian Charolle avait fait l'inventaire de toutes les personnes présentes la nuit du drame : la femme de ménage et deux infirmières.

Il rassembla ses effectifs et fit le point.

— Tu as fini avec l'identité judiciaire, Hugo ?

— Les pompes funèbres peuvent procéder à la levée du corps. Il nous reste à fouiller la chambre à la recherche d'indices.

— Je dois absolument voir ma mère demain, ajouta Isabelle. Quitte à revenir ici, je peux auditionner le directeur dans son bureau.

— D'accord, mais prends des pincettes. Il s'agit de Jean-Charles Dupré, le fondateur du club « Ouest Perspectives ». Il fédère de gros entrepreneurs de la région. Une fois par an, l'institut invite le préfet à commenter avec la Banque de France l'attractivité économique du territoire. Dupré est un notable influent. Tiens, voici sa carte de visite, il me l'a donnée tout à l'heure. Il est très embarrassé par cette affaire, tu l'imagines. Mais moins pour la victime que pour l'image de sa boîte. Elle est gérée par un fonds d'investissement anglo-saxon, très chatouilleux sur les fluctuations boursières de son portefeuille.

— Tu es bien au courant des finances locales, fit Isabelle.

— Je suis l'actualité, c'est utile parfois.

— Et sur Jeanne d'Arc, on a quoi ? ajouta Bruno.

— On ne sait pas grand-chose pour le moment. Ajita Bihar vivait aux Agapanthes depuis deux ans, pas de famille connue, pensionnaire tranquille. Elle souffrait de la maladie de Lyme et ne se déplaçait plus qu'avec son fauteuil.

— J'ai demandé à Dupré de me préparer une copie de son dossier administratif. Isa, tu pourrais le récupérer demain ?

— Pas de problème.

Charolle regarda sa montre.

— Pour fouiller la chambre, je propose qu'on s'y mette tous. Ensuite, on fait le tour de la résidence : enquête de voisinage classique. On trouvera peut-être des fermes avec des agriculteurs qui se trouvaient aux champs, la nuit dernière.

— En hiver, un dimanche soir ! Ça m'étonnerait.

— Moi aussi, mais ça sera une première porte fermée dans la procédure. Au boulot !

*

Ils avaient récupéré un carton et s'employaient à le remplir avec tout ce qui paraissait utile à leur affaire. En raison du standing des Agapanthes, les patients étaient autorisés à meubler leur chambre à leur convenance. La vieille aimait dessiner, à en croire le nombre de gribouillis au fusain qui dormaient dans des chemises. Elle n'entretenait pas de correspondance. Pourtant, en parcourant des ouvrages alignés dans une bibliothèque, Hugo fit tomber une enveloppe. Il se baissa pour la ramasser et vit qu'elle contenait une feuille. Il la sortit et siffla en la montrant à Christian : une page vierge avec, au centre, la trace d'une main rouge.

— Le cachet de la poste indique que la missive a été expédiée depuis Nantes, le 3 août dernier. On dirait ces empreintes retrouvées sur les parois des grottes préhistoriques. La marque est celle d'un adulte, badigeonnée de poudre. On l'a appliquée sur le papier comme un tampon.

— Scellé et direction le labo, trancha le commandant.

De son côté, Isabelle exhiba une paire de clefs trouvées au fond d'un tiroir. Aucune n'ouvrait la porte de la chambre. Le trousseau fut conservé dans un sachet plastique. Quelques minutes plus tard, Bruno posa sur une table quelques galets. Ils étaient recouverts d'idéogrammes à la craie.

— Qu'est-ce que c'est que ces machins ? demanda Charolle en s'approchant.

— Des pierres avec des dessins dessus.

— On garde, camarade.

La dernière découverte fut pour Isabelle. Elle dénicha au fond d'une penderie une canne en bois, au pommeau sculpté.

— J'ai récupéré la béquille, dit-elle en la montrant en pleine lumière.

— Si elle est paraplégique, elle ne doit plus s'en servir depuis un moment, ajouta Bruno.

— Oui, mais il me vient une idée. Ça concerne un de nos mystères.

— Tu penses à quoi ?

— Quelqu'un a neutralisé la sonnerie du détecteur, c'est ce que nous a dit le lieutenant des pompiers. Si c'est la vieille, comment, incapable de marcher et à demi patraque, pouvait-elle se hisser dans le fauteuil roulant et venir sous l'appareil ? Il se trouve à l'opposé du lit. Elle ne l'a pas plié toute seule pour ensuite se traîner vers sa couche ?

Charolle jeta un œil vers le cadavre.

— Tu fais à peu près sa taille, Isa ?

— À dix centimètres près.

— OK : installe-toi sur le siège et prends la canne.

— J'ai compris.

Une seconde plus tard, la capitaine brandissait la béquille à bout de bras.

— Impossible d'atteindre l'alarme ! La victime ne pouvait y arriver sans aide, conclut Charolle.

Les autres faisaient cercle autour de lui.

— J'attends les résultats de l'autopsie mais, pour moi, la thèse du suicide ne tient pas.

Une pause.

— Tu penses que…

— C'est un meurtre.

5

Dans la grisaille dominicale, l'orée des bois de Machecoul dessinait une ligne sombre. On devinait au loin la rumeur d'un cheptel. Le site des Agapanthes était une large demeure de plain-pied, entourée l'été de belles pelouses où se croisaient de petits sentiers de gravillon. Il n'y avait ni grilles ni portiques pour encadrer le domaine.

Munis chacun d'une lampe torche, ils regardaient l'air qui s'échappait de leur bouche.

Charolle prit la parole.

— On note toutes les fermes situées à moins de deux kilomètres de la maison de retraite ; vous relevez l'adresse, on fera le tri demain. On se retrouve dans trente minutes.

Ils sortaient des bois, crottés et transis, quand ils virent la camionnette des pompes funèbres, garée devant la résidence. Dans la chambre de la morte, ils tombèrent sur trois préposés, dont un jeunot le nez piqué d'acné.

De peur que la dépouille ne se disloque dans leurs mains, les recouvrant tous d'une suie malodorante, ils la firent glisser vers la housse mortuaire, emportant le drap avec. Du fait de la rigidité cadavérique, l'avant-bras au collier refusait de se laisser faire : il dressait son poing vengeur à l'extérieur du sac.

Quand les portes du fourgon se refermèrent, Isabelle s'approcha de Christian.

— J'ai découvert un autre galet, dans un buisson près de la pelouse, à l'arrière de l'institut.

Dessus, chacun put juger que des traces de craie s'y trouvaient encore, même si l'humidité avait masqué la plupart des caractères.

Charolle eut une moue dubitative et avisa l'heure.

— Je me cogne le P.-V. de constatation cet après-midi au Ciat[1] ; le taulier voudra un premier bilan avant 16 heures. Mais lundi, c'est Isa qui prendra la déposition du directeur ; c'est une familière des lieux.

*

Elle trouva sa mère assise devant la baie vitrée. Le parterre n'avait plus le lustre des beaux jours ; des plaques de neige grise mouchetaient le gazon jusqu'à l'orée des bois. La salle de convivialité était morne, les visages tristes. Quelques vieux fixaient le vide depuis leur fauteuil.

Isabelle s'agenouilla devant Claire Mayet. La deviner perdue dans sa solitude, même si l'ancienne institutrice ne s'en plaignait jamais, lui brisait le cœur. Depuis son entrée aux Agapanthes, un de ses petits plaisirs était de contempler l'immense pelouse qui s'en allait lécher les abords de la forêt de Machecoul. Dans les brumes d'Alzheimer, elle devait repenser au jardin qui cerclait

1. Abréviation de « commissariat ».

leur maison de Rezé. Quand les innombrables variétés de fleurs côtoyaient les alignements de légumes.

La dame posa une main tavelée sur celle d'Isabelle. Son regard était doux.

— Qui êtes-vous, mademoiselle ? Je vous trouve bien gentille.

Isabelle lui releva une mèche sur le visage.

— C'est moi, Isa. Ta fille, tu sais bien…

Claire sourit.

— Quel bonheur de te voir, tu es le soleil de ma journée.

Comme chaque fois, Isabelle lui donnait le bras et la laissait inlassablement la questionner. Les sujets étaient toujours les mêmes. Elle prenait plaisir à ces ritournelles. Ce matin-là, sa fille décida d'oublier un instant la conscience de sa mère qui s'effritait et la crainte de la retrouver, la semaine suivante, plus mal encore.

Elle était simplement heureuse de la savoir en vie.

Elles marchèrent ensemble le long d'un couloir ; une exposition d'aquarelles égayait les murs.

— Quand vas-tu me sortir de cette prison ? lui demanda-t-elle soudainement.

— Tu crois que c'est une cage, ici ?

— C'est le pilote qui me l'a dit.

— Maman, mais de quoi parles-tu ? Tu es dans une maison de retraite.

La vieille dame sembla chercher quelque chose du regard. Elle finit par écarter les bras et dire : « Ce n'est rien. »

Dans sa chambre, Isabelle fit chauffer la bouilloire et prépara du thé pour deux. Elle n'avait pas beaucoup de temps à consacrer à sa mère et cela la culpabilisait.

D'autre part, l'image du cadavre carbonisé d'Ajita tournait sans cesse dans son esprit. L'incendiaire ne pouvait être que dans les murs de l'institut. Peut-être côtoyait-il Claire tous les jours, entrant chez elle et lui donnant des soins ? Était-elle sur la liste de ses prochaines victimes ? Isabelle s'efforça de chasser ces ruminations en se concentrant sur le rangement des tasses dans le meuble. En partant, elle ne put s'empêcher de jeter un coup d'œil au détecteur de fumée encastré dans le plafond : le même que celui d'Ajita. Elle embrassa sa mère et lui promit de repasser dans la semaine.

Au moment où Isabelle démarrait, l'infirmière regardait le véhicule remonter l'allée. Elle avait écarté le rideau à l'étage et fixait le chemin, songeuse. Son visage ne reflétait aucune émotion.

La flicaille était partie, elle ne tarderait pas à revenir.

Un gémissement derrière elle mit fin à sa rêverie. Une pensionnaire réclamait d'aller aux toilettes en se tortillant sur sa couche.

L'infirmière la toisa et un petit sourire releva le coin de sa lèvre.

Elle sortit de la chambre.

6

Jean-Charles Dupré reçut Isabelle dans son bureau. En prévision de l'entretien, elle avait choisi une tenue féminine, à la mode. L'homme, tour à tour médecin, neuropsychiatre et directeur de clinique, prenait aussi grand soin de sa personne. Son teint était hâlé, sa silhouette fine, vêtue d'un élégant costume crème. La chemise claire était rehaussée d'une cravate bleu nuit en grenadine de soie de chez Stark and Sons. Un modèle prisé de l'ancien président de la République ; elle l'avait lu dans un magazine. Dans un coin, des photos montraient Dupré en tenue de pilote de course, la main posée sur quelque bolide. Sur une autre, il riait aux éclats à côté d'une ministre adepte des talk-shows.

Bien en vue au milieu du bureau, le journal du jour titrait : « Une retraitée s'enflamme mystérieusement aux Agapanthes ». Comme en écho, Isabelle remarqua la ride qui barrait le front de son interlocuteur.

Elle sortit un bloc-notes.

— Professeur, je vais prendre une première déposition que vous pourrez venir signer à l'hôtel de police, dans la semaine. On vous réentendra par la suite, mais rien ne presse.

— Je vous remercie de m'épargner un déplacement,

fit Dupré en rassemblant l'extrémité de ses dix doigts. Cette tragédie m'accapare beaucoup.

Isabelle allait l'interroger sur les circonstances du drame, mais il préféra d'abord se livrer à un plaidoyer de son institution. Elle avait été construite sur un terrain abritant jadis le cloître de l'ordre de Saint-Michel, une communauté religieuse fondée durant les croisades qui essuya de nombreuses vicissitudes : épidémie de peste, attaque de brigands, annexion des biens durant la Révolution française avant d'en récupérer une partie au XIXe siècle. Devenue institut catholique au service des malades, l'organisation prit la forme d'une clinique thérapeutique dont l'existence fut courte. Une nuit de mars 1953, un malade mit le feu à la chapelle et une partie des bâtiments finit ravagée par les flammes.

Dupré marqua une pause. Il lissa sa cravate et épousseta une manche de son costume.

La Demeure des Agapanthes était présentée dans les revues d'architecte comme un modèle d'écohabitat, avec son isolation d'avant-garde. Elle accueillait une soixante de pensionnaires, dont une vingtaine de malades. Dupré fut disert sur les bons chiffres de McAlister & Smith, le gestionnaire d'établissements pour personnes âgées, dont le capital était détenu par un consortium de fonds d'investissement britannique. Le bâtisseur anglophone avait choisi Machecoul pour y installer sa première implantation hexagonale.

Isabelle décida de mettre fin à ce monologue et l'interrogea tout net sur le détecteur de fumée trouvé muet dans la chambre d'Ajita Bihar.

Il se raidit légèrement et confirma ce qu'avait dit le pompier : il existait une trace informatique du cycle de fonctionnement des alarmes. Il suffisait d'imprimer le relevé de la nuit correspondant à l'incendie pour voir si quelque chose d'inhabituel s'était passé.

— Je vais vous sortir le répertoire idoine, dit-il d'une voix mielleuse. Mais, à ce propos, j'ai entendu parler d'une « autocombustion », terme employé par cet imbécile de journaliste qui mène son enquête au téléphone. Que répondre à pareille billevesée ? C'est un terrible accident, point à la ligne.

— Ce sera à l'instruction de le déterminer. Vous ne croyez pas ?

— Qui pourrait en vouloir à une vieille handicapée ?

— C'est une des questions que je souhaitais vous poser, monsieur le directeur.

— Pour tout ce qui concerne le vécu de Mme Bihar, il faudrait vous rapprocher de l'infirmière de jour chargée du bloc où se trouve la chambre 16. Il s'agit de Mme Pinson. Vous pourrez l'interroger tout à l'heure. Vous m'avez demandé le dossier administratif de la défunte, en voici une copie.

Dupré poussa une liasse de papiers devant Isabelle. Elle tendit la main et parcourut les feuillets.

— Elle a intégré la résidence il y a trois ans. Je vois une adresse sur la côte, près de Pornic. C'était sa demeure ?

— Oui, je crois.

— Combien de salariés étaient présents durant cette fameuse nuit ?

— Deux infirmières, Gisèle Monglin et Solange Louzou, et la femme de ménage, Marcela Goncalves.

— Le soir, est-il habituel que les chambres soient fermées à double tour ?

— Absolument. Les pensionnés ne sont pas des détenus ; ici, c'est leur maison. C'est à leur demande que leur porte est close. Qu'ils soient absents ou qu'ils se reposent.

Isabelle pensa soudainement à sa mère.

— N'est-ce pas étrange d'enfermer les gens ?

— Ce n'est pas le cas, à votre domicile ? Eh bien, c'est la même chose aux Agapanthes.

— Qui possède un double des clefs ?

— Il existe deux passes : un pour l'infirmière responsable du bloc et un pour le personnel de garde.

— Peut-on imaginer qu'un trousseau soit dérobé et dupliqué ?

— Nous n'avons jamais déploré de vol.

— Vous a-t-on signalé des rôdeurs ou tout événement insolite dans les jours précédant l'incendie ?

— Non, pas à ma connaissance.

— La résidence est-elle close la nuit ?

— Oui : il y a un digicode à l'extérieur pour ceux qui veulent entrer. Pour sortir, il faut la clef ou taper la combinaison, ça évite les fugues pour nos locataires malades ou séniles.

— J'ai vu une caméra donnant sur le parc à voitures.

— Nous avons eu plusieurs véhicules dégradés ces temps-ci. Les propriétaires sont des médecins qui travaillent au centre : ils ont exigé la vidéosurveillance.

— J'aimerais visionner l'enregistrement de la nuit en question ; vous pourriez me mettre la séquence sur un CD ?

— Je viendrai à Waldeck signer mon audition avec.

Isabelle hocha la tête.

— Bien, je pense en avoir fini pour le moment, monsieur Dupré.

Ce dernier se levait pour raccompagner l'officier vers le couloir quand le téléphone sonna. Il fit signe à Isabelle de l'attendre.

— Ah ! très bien, dit-il avant de raccrocher. On m'annonce qu'on a effectué le relevé d'alarme, une secrétaire nous l'apporte.

Quand l'employée entra, Dupré chaussa de fines lunettes de métal et parcourut le papier d'un air concentré.

Il le tendit à Isabelle.

— Si j'en crois notre logiciel, le signal a été désactivé manuellement, vers 21 h 30.

— Quelle conclusion en tirez-vous, professeur ?

— C'est contraire aux procédures. Mais l'appareil a fonctionné normalement.

— Si Ajita Bihar ne fumait pas, pour quel motif a-t-on éteint le dispositif ?

Dupré sortit un mouchoir et s'épongea le front délicatement. Il jeta un coup d'œil dans le couloir et se pencha vers Isabelle en adoptant le ton de la confidence.

— Vous ne pensez pas sérieusement à un crime, capitaine ? Vous imaginez la panique parmi les résidents ! Les conséquences pour notre réputation…

— Nous ne négligeons aucune piste. De toute façon, le parquet fera une déclaration à la presse. C'est lui qui jugera de la qualification à donner à l'affaire. Il me reste à vous souhaiter une bonne fin de journée.

*

Isabelle se fit couler un café à un distributeur. Elle sortit une convocation prétamponnée et écrivit à côté de la rubrique «Motif» la formule d'usage: «Affaire vous concernant». Elle mit le papier dans une enveloppe administrative qu'elle adressa à Maud Pinson et donna le document à une fille de l'accueil.

En quittant les Agapanthes, elle remarqua un pensionnaire qui regardait à l'intérieur de sa voiture. Il posait la tête contre la vitre, les mains en forme de jumelles.

— Vous cherchez quelque chose ?

Il se redressa, l'air renfrogné. L'homme devait avoir dans les quatre-vingts ans. Il portait un pantalon grisâtre et des chaussons, malgré la neige qui tapissait le sol. Sa veste en velours, les coudes brillants d'usure, arborait une étrange médaille : un pentagone au bout d'un ruban de bandes bleues et blanches.

Le géronte fit mine de regagner l'institut. Au même moment, une garde-malade descendit les marches du perron.

Alors, l'ancien tourna les talons et s'approcha d'Isabelle. Il montra de l'index le pare-soleil où s'étalait «POLICE» en lettres capitales.

— Il y en aura d'autres, bientôt, susurra-t-il en clignant d'un œil.

— Que voulez-vous dire ?

— Bien d'autres…

— Monsieur Ravaux, que faites-vous encore dehors ? tonna la femme en blouse blanche. Il fait froid et vous avez vos pantoufles aux pieds. Vous allez attraper le mal !

Elle le prit par l'épaule. Le visage du vieux s'était fermé. Il fusilla l'infirmière du regard et la suivit à l'intérieur sans se retourner.

7

En ce début d'après-midi, la salle de réunion était occupée par les stups. Le commandant Charolle opta pour l'espace de convivialité ; il entra en soufflant comme un bœuf. Son embonpoint de quadragénaire s'accommodait mal des trois étages que l'ascenseur – soumis à des pannes récurrentes – lui faisait gravir. Pourtant, il s'était engagé à perdre du poids. Sa mise en ménage avec un professeur de yoga de quinze ans sa cadette et le petit qui avait suivi – il avait deux ados nés d'un premier lit – le motivaient en ce sens. Il s'était mis à la bicyclette et passait du temps dans le jardin de leur pavillon de Sainte-Pazanne. Mais les kilos envolés étaient vite revenus.

Charolle posa son dossier sur la table, au milieu des taches de café et des miettes de croissants. Isabelle était de retour ; elle fourra un croque-monsieur dans le micro-ondes et sortit une bouteille d'eau minérale du réfrigérateur.

Le lieutenant Farge et le brigadier Essevia étaient déjà là.

Le chef de groupe remplit un mug de lavasse ; on voyait dessus la photo de son jeune fils. Il fit la grimace en le portant à ses lèvres.

— Je suis prêt, chaque mois, à mettre deux euros de plus dans la cagnotte pour troquer cette saloperie contre un vrai caoua. Enfin merde, un arabica équitable, ce serait quand même mieux, non ?

— Facile à dire quand on a ton niveau d'indice ; nous autres les pue-la-sueur, on se contente du jus de bas, railla Hugo.

— Bon, venons-en au fait : on se cogne la brûlée de Machecoul. Le parquet attendait pour 13 heures un premier point sur l'affaire, j'ai obtenu du vice-procureur qu'il patiente une heure, je voulais savoir ce qu'Isabelle avait dégoté. La question qu'il va me poser est simple : faut-il proposer l'ouverture d'une instruction judiciaire pour homicide volontaire ou conclure à un accident ? Pardon pour la parenthèse, Isa : ta mère se porte bien ? (La capitaine eut un sourire las et hocha la tête.) Tant mieux. Sinon, l'autopsie aura lieu au CHU cet après-midi, à 16 heures. Qui s'y colle ?

La demande tomba à plat.

— Pas tous à la fois

Bruno leva une main.

— Merci. Il faut aussi nous coltiner le voisinage des Agapanthes. L'expert des pompiers confirme ne pas avoir identifié la zone d'allumage. Aucun produit accélérateur n'a été découvert dans la chambre. Selon le spécialiste, la combustion a nécessité une température comprise entre 1 200 et 1 500 degrés durant au moins six heures.

Cette dernière affirmation plongea tout le monde dans un abîme de perplexité.

— Isa, c'est à toi.

La capitaine fit un résumé de l'audition du directeur

de la résidence. Puis, elle leur fit passer la copie d'écran précisant à quelle heure le détecteur de fumée avait été neutralisé.

— Il n'a plus fonctionné à partir de 21 h 30, Marcela Goncalves a trouvé le corps vers 3 heures du matin : ça colle avec les conclusions préliminaires du légiste. Un pas de plus vers la thèse de l'incendie volontaire.

Isabelle dressa ensuite la liste du personnel à entendre : les deux aides-soignantes, la femme de ménage et l'infirmière chargée du bloc où vivait Ajita Bihar. Elle sortit de sa sacoche le dossier administratif que lui avait donné Jean-Charles Dupré.

— Pas grand-chose à se mettre sous la dent : Ajita Bihar, soixante-dix ans, résidait aux Agapanthes depuis vingt-deux mois. Avant d'arriver à Machecoul, elle habitait chez elle, à La Bernerie-en-Retz. C'est sur la côte, à quelques kilomètres à peine.

— Elle était riche ? fit Hugo.

— Ses frais de séjour sont couverts par des versements automatiques ; ils proviennent d'un compte situé dans un établissement de crédit suisse : la Seelzberg Bank. Je n'ai pas de détails.

— Elle n'a pas de famille, d'amis ?

— J'attends l'audition de l'infirmière qui la suivait. Mais, a priori, elle ne recevait pas de visites. Son état de santé s'est dégradé durant les derniers mois. On venait de lui attribuer un fauteuil roulant.

Charolle se leva une seconde, prit une éponge près de la cafetière et essuya les taches qui graissaient la table sous ses notes.

— Je voudrais qu'on accorde bien nos violons sur cette histoire de combustion humaine : suicide ou pas ?

J'avoue que je ne sais pas quoi raconter au parquet. De son côté, le capitaine des pompiers s'est bien gardé d'être péremptoire. Hugo, la police technique et scientifique, elle travaille sur quoi ?

Le collègue arborait un tee-shirt noir à l'effigie d'un groupe de black metal à la mode. Il fit craquer ses doigts.

— La pêche aux scellés a été bonne. Concernant la recherche d'accélérateur sur le morceau de robe, il file au SRIJ[1] de Rennes : la spectroscopie infrarouge devrait parler. Pour le relevé de l'index gauche, je vais réclamer une comparaison avec la base du fichier des empreintes digitales et celui des cartes nationales d'identité. Sinon, aucune trace de lutte ni de sang dans la chambre, l'inspection des ongles n'a permis de déceler aucun résidu biologique. Enfin, il nous reste un trousseau de clefs et des galets couverts de signes mystérieux. Sur la pierre ramassée derrière la résidence, au petit matin, on a une trace exploitable. Il faudra consulter le fichier pour voir si elle appartient à quelqu'un de connu.

— Les clefs, c'est peut-être celles de la baraque à La Bernerie-en-Retz ? demanda Isabelle.

— Probable, tu veux bien aller vérifier ça ? fit Charolle.

— Et l'hypothèse d'un suicide ? lança Bruno.

Isabelle haussa les épaules.

— On n'a trouvé aucune confession écrite. Je dois recevoir Maud Pinson tout à l'heure, c'est elle qui s'occupait d'Ajita.

— Tant qu'on n'a pas l'audition des témoins et le

1. Service régional d'identité judiciaire.

rapport d'autopsie, on nage en plein brouillard, grommela Charolle, mais je pense qu'on peut mettre le suicide entre parenthèses. Il reste quoi ?

— Les motivations des incendiaires sont l'escroquerie, la pyromanie, le meurtre ou la vengeance, fit Isabelle. Tu n'as qu'à dire à Vanneck qu'on penche tous pour un homicide. On cherchera le mobile après.

Le commandant soupira.

Le procureur va demander la saisine d'un juge d'instruction, ça ne fait pas un pli.

Il rassembla ses papiers, regarda sa montre et libéra les collègues. Il allait sortir de la salle quand son portable sonna.

— Monsieur Charolle ?

C'était une voix féminine.

— C'est Agnès, de *La Souris jaune*. Je me permets de vous appeler, car votre fils a de la fièvre et le nez qui coule. Nous aimerions que vous passiez le récupérer avant qu'il ne contamine toute la crèche.

— Eh merde, lâcha-t-il. Donnez-moi trente minutes.

En raccrochant, il pesta encore. Sa compagne était à Angers pour toute la journée, elle avait prévu de rentrer tard. Son après-midi de travail était en croix.

Il fermait la porte de son bureau quand il croisa le commissaire Jacques Donnadieu. Quinquagénaire massif, adepte de musculation, le taulier vouait à la fonte un véritable culte. Ce dernier n'avait d'égal que son engouement pour le FC Nantes. Pour avoir, plusieurs années durant, assuré comme officier de sécurité la protection d'un indéboulonnable ministre de l'Intérieur, l'homme s'était vu nommé commissaire, au choix ; il avait pu converger vers le grand Ouest et retrouver ses racines de ventre à choux[1].

Depuis, tous les cinq ans, au gré de ses mutations, il rayonnait en marguerite autour de Nantes. La situation convenait à madame, qui occupait ses journées à décorer leur pavillon sur les bords de l'Erdre.

Donnadieu avait le regard des mauvais jours ; la réunion hebdomadaire de police à la préfecture n'était jamais une partie de plaisir.

— Vous avez une minute, patron ?

— Même deux, il faut que je te parle. Allons dans mon bureau.

Le taulier ferma la porte, jeta sa veste sur le dos d'une chaise et desserra d'un doigt son nœud de cravate.

— La cramée de Machecoul, attaqua-t-il.

— J'ai eu le vice-procureur Vanneck au bout du fil. Il signe l'ouverture d'une information contre X et retient l'homicide volontaire.

— Moi, c'est le directeur de cabinet du préfet que je viens d'avoir, et en tête à tête. Le pacha est préoccupé par l'affaire des Agapanthes. Il a fait la danse du ventre pour appâter le fonds des Angliches. Quant au conseil général et aux communautés de communes, ils ont banqué pour que le projet voie le jour.

— Pourquoi s'alarmer autant ?

— Tu vas tout de suite comprendre. La résidence des Agapanthes doit préfigurer un grand programme immobilier s'étalant sur la façade atlantique. Ça représente une vingtaine d'établissements pour seniors, dont

1. Sobriquet désignant les Vendéens.

trois en Loire-Atlantique : des centaines de lits et autant d'emplois. La publicité faite autour du drame n'a pas du tout plu aux cravatés de McAlister & Smith, la pompe à pognon qui gère la maison de retraite. Si la presse continue de s'intéresser au sinistre, ce sera un mauvais signal adressé aux investisseurs. Et s'ils retirent leurs billes, la préfecture sera furieuse.

Charolle fit la moue.

— On fait le job, les tripatouillages financiers, ce n'est pas notre affaire.

Donnadieu secoua la tête.

— Tu as tout faux. Le dircab m'a annoncé la venue prochaine, à Nantes, d'Alice Mourin, la secrétaire d'État auprès de la ministre des Solidarités et de la Cohésion sociale. Elle devait juste visiter le pôle de gérontologie clinique de Nantes, mais elle va faire un crochet par Machecoul. Tiens, regarde cet article que m'a filé le conseiller du préfet.

Charolle lut rapidement. C'était une présentation du club « Fondement », association de riches donateurs qui n'avait pas caché son soutien au parti du président de la République. Un paragraphe livrait la biographie de quelques-uns de ses membres. Le commandant tiqua en lisant un nom.

— Oh oh… voilà les emmerdes qui arrivent.

Un des bienfaiteurs s'appelait Jean-Charles Dupré : le directeur des Agapanthes.

— Christian, fit le taulier, tu es la première personne à qui j'en parle. Le pacha me verrait bien prendre la tête du SDIG[1]. Depuis que ce service a été renforcé,

---

1. Sous-direction de l'information générale, ex-Renseignements généraux.

c'est devenu une belle machine. À mon âge, je n'ai plus grand-chose à escompter et je n'ai aucune envie d'être muté à l'autre bout du pays. Un poste à l'Information générale me rapprocherait de la préfecture de Nantes. J'ai intérêt à m'y faire des alliés dès maintenant. Une fois en place, un dernier tour de piste et je me tire de ce foutoir. À moi la pêche à pied et les civelles.

— Eh bien, fonce.

— Pour ça, j'ai besoin d'un joli trophée.

Charolle lâcha un sourire espiègle.

— Ton baroud d'honneur ?

— Que j'espère bien gagner.

— Et puis, un prédécesseur y a été décoré. Tu t'y verrais bien, pas vrai ? Comme Mireille Mathieu.

— Arrête tes conneries. Ma fille finit son lycée, elle monte à Paris poursuivre ses études. Pour lui trouver une piaule, je vais devoir me saigner aux quatre veines.

— On fera le maximum. Ne t'inquiète pas.

— Merci, Christian. Il fallait que je t'expose le contexte. T'expliquer pourquoi je vous rouscaille dessus.

— Je te tiens au courant des résultats de l'autopsie.

— Le parquet, il t'a dit qui serait chargé de l'instruction ?

— Le juge Rémi Pajole, je crois.

— L'ancien du pôle financier ? Je pensais qu'ils nommeraient quelqu'un de plus « orthodoxe ». Tu imagines, s'il foutait Dupré en examen pour homicide involontaire ? Le scandale ! Il se ferait assister par un ténor du barreau, la presse ne parlerait que de ça : *bye bye* les Angliches, et tout leur pognon !

— Pajole n'est pas tout-puissant. Quant à sa réputation de croqueur de cols blancs, c'est du passé. Depuis que son fils est mort dans un accident de la route, il est largué. Et puis, c'est un secret de polichinelle, à la cour d'appel, le président de la chambre de l'instruction lui voue une haine cuite et recuite depuis des années.

— On sait pourquoi ?

— Isabelle m'a dit que Vanneck lui a fait une confidence un jour. Il y avait une jeunette dans la voiture que conduisait le fils de Pajole, le soir où il s'est tué. C'était sa fiancée, ils s'étaient rencontrés en fac, à la préparation du concours d'accès à l'École de la magistrature. La passagère a survécu au drame avec une forte claudication. Résultat : elle a été retoquée aux épreuves physiques, sa carrière s'est arrêtée avant d'avoir commencé. Figure-toi que cette petite, c'est la fille unique du juge Marceau : le supérieur de Pajole.

8

C'est en passant devant la glace que Maud Pinson remarqua sa mine de papier mâché. Elle s'arrêta un instant et passa une main dans ses cheveux. Au sein de l'unité de vie protégée, elle finissait son service dans dix minutes. Encore trois chambres à visiter et elle pourrait s'en aller. Mais elle ne se reposerait pas pour autant, il y avait cette fichue convocation à l'hôtel de police : du temps de trajet et de la fatigue en plus.

Michel Ravaud entendit frapper, mais ne se donna pas la peine de répondre. Quand la porte s'ouvrit, il jeta un regard sombre à l'infirmière et reprit sa contemplation du jardin qui courait derrière sa fenêtre, un modèle sans poignée.

Maud avisa le blouson d'aviateur tout mité. Le vêtement était couvert de taches brunes et sentait le rance. L'ancien s'obstinait à le conserver, refusant de le laver. Il pérorait souvent à ce propos, arguant que les souillures étaient celles de son propre sang. Quand des miliciens l'avaient sorti de son Lysander, après un crash en Auvergne durant la Seconde Guerre mondiale.

La vieillesse, à laquelle s'ajoutaient les longs mois de captivité dans un *Oflag* glacé de Forêt-Noire, avait dressé un rempart entre lui et le personnel de l'institut. Quand on l'interrogeait, il se contentait d'un hochement de tête.

— C'est l'heure de vos médicaments, monsieur Ravaud. Pas d'histoire, je vous surveille ; il faut tout avaler !

Le vieillard ramassa les cachets, les enfourna dans sa bouche et but un peu du verre que lui offrait Maud.

— C'est bien, je vous laisse maintenant. Bonne soirée.

Elle referma la porte.

Sitôt seul, Michel Ravaud cracha les gélules dans sa paume et entreprit de les ouvrir délicatement pour en extraire la substance. Il la mit dans un gobelet, ajouta de l'eau et versa le tout dans la terre d'une plante rachitique qui cuisait près de la fenêtre. Puis, il ingéra les capsules vides.

— Ce n'est pas encore aujourd'hui que les *Aufseherinnen*[1] te feront gober la poudre à zinzin, ricana-t-il dans sa barbe.

Il s'agenouilla devant l'armoire à vêtements, glissa une main dessous et ressortit une poignée de sucreries chipées lors des goûters ; il ramena aussi un panneau d'évacuation incendie qu'il avait décollé dans le couloir.

Depuis des semaines, quelque chose de malsain rôdait dans les couloirs de l'institut. Le personnel feignait de l'ignorer, les pensionnaires ne remarquaient rien. Fallait-il qu'il soit le seul être sensé ? L'Indienne était partie, un pressentiment l'incitait à faire de même.

Avant qu'il ne soit trop tard.

Avec le plan des lieux et ses réserves de nourriture, il était prêt à passer à l'action.

---

1. Personnel féminin affecté à la surveillance des camps de concentration allemands durant la guerre.

9

La capitaine Isabelle Mayet proposa une chaise à l'infirmière. Elle la regardait du coin de l'œil en commençant à taper son P.-V. d'audition. La salariée portait sa blouse sous son manteau. Il y avait dans ses cheveux, noués en chignon, des reflets blancs et, dans ses yeux, un soupçon de curiosité et de crainte mêlées.

— Vous êtes entendue dans le cadre d'une commission rogatoire diligentée par le juge Rémi Pajole ; elle fait suite au décès d'Ajita Bihar, il y a deux jours, dans la chambre numéro 16 de la Demeure des Agapanthes. Vous étiez bien chargée du soin de cette personne ?

— Oui.

— Parlez-moi de Mme Bihar. Qui était-elle ?

— C'était une septuagénaire sans histoire. Elle s'était bien habituée à notre établissement, même si elle ne participait pas aux fêtes. Elle aimait que je l'accompagne dans le jardin et que je la laisse près de la forêt, à la limite de la pelouse.

— Soixante-huit ans, c'est jeune pour entrer à l'hospice. Pourquoi n'est-elle pas restée chez elle, au bord de l'océan ?

— Elle m'avait parlé de l'aggravation de sa maladie

et de sa demeure, avec ses escaliers abrupts, qui n'était plus adaptée. Elle avait besoin qu'on s'occupe d'elle.

— À ce propos, recevait-elle des visites, avait-elle des amis, des parents ?

— Un vieux monsieur passait la voir, au début. Il devait être d'origine indienne, comme Ajita. Du jour au lendemain, il a cessé de venir. Mme Bihar en a été affectée, je l'ai senti.

— Qui était-ce ? Un conjoint, un amant ?

— Je ne pense pas, ils étaient complices, mais il y avait une distance entre eux.

— Comment payait-elle le séjour ?

— Je sais qu'elle ne manquait de rien. Elle a été mariée à un homme d'affaires ; ils ont vécu à Bombay de longues années. Certains pensionnaires racontaient que c'était la fille d'un maharaja, ça la faisait rire.

— Avait-elle des disputes avec d'autres retraités ? des ennemis ?

— Je l'ignore. Elle était d'un naturel égal, une vraie babouchka. Elle avait une impressionnante collection de thés. Son plaisir était de convier des amies dans sa chambre, pour un cérémonial.

— Était-elle dépressive ?

— Non, mais, ces derniers temps, son humeur avait changé.

Isabelle se leva et ferma la porte du couloir.

— Vous pouvez préciser ?

— Elle était devenue craintive ; il n'était plus question que je la laisse seule dans le jardin. C'est elle qui a souhaité s'enfermer à clef. Avant, elle s'en moquait.

— La veille de sa mort, avez-vous remarqué quelque chose de particulier ?

— Rien du tout. Elle a pris son déjeuner comme d'habitude, je suis passée lui dire au revoir, avant de quitter mon service. Je l'ai trouvée sereine.

Isabelle se retourna vers l'armoire qui se dressait derrière elle. Elle attrapa deux scellés et les posa sur le bureau, devant l'infirmière. Le premier, c'était la feuille avec une main rouge.

— Reconnaissez-vous ce document ?

— Pas du tout.

— Il a été envoyé à la victime par la poste, cet été. Plusieurs mois avant la nuit tragique.

— J'ignore de quoi il s'agit.

— Une dernière chose : on a récupéré d'étranges galets dans la chambre d'Ajita, comme celui-là, ça ne vous évoque rien ?

Maud Pinson soupesa le fragment de pierre entouré de plastique.

— J'ajoute, fit Isabelle, qu'on en a trouvé un autre dehors, au bout du parterre, pas très loin de sa chambre.

— Ajita rapportait parfois des cailloux après ses escapades à l'orée du bois ; je me suis bien demandé où elle les avait dénichés et comment elle s'y était prise pour se lever de son fauteuil et les ramasser. Mais je n'ai pas de réponse. Ajita restait sur son quant-à-soi. Nos patients ont droit à leur jardin secret.

10

Avec le redoux, il s'était mis à pleuvoir ; le trafic automobile était plus exécrable que jamais. Aussi, pour rallier le CHU distant de moins de deux kilomètres, le lieutenant Farge prit le tramway.

La salle des autopsies avait été rénovée récemment, mais il y flottait toujours une odeur entêtante de Paragerme et de fleurs putrides. L'officier retrouva le praticien qui enfilait sa blouse. Fabrice Gautier, comme la plupart de ses collègues, n'était pas devenu thanatologue par vocation. Le sacerdoce, c'était bon pour les internes, ignorants des réalités du métier et fascinés par les séries américaines. Le long et âpre chemin qui menait à sa discipline se chargeait d'éconduire les plus rêveurs.

Gautier échappait à bien des clichés avec son physique séduisant de jeune quadragénaire, sa chemise à la mode et sa discrète boucle d'oreille. Il était brillant, habile orateur et ses cours à la faculté de médecine lui valaient un public fidèle au sein de la gent féminine. Pourtant, ces demoiselles déchantaient cruellement quand on leur apprenait que Fabrice était gay, définitivement.

Ce jour-là, le praticien avait passé toute son après-midi à examiner des réfugiés tchétchènes ; ils étaient demandeurs d'asile et se disaient victimes de tortures dans leur pays.

C'était Florence, aide-soignante de formation, qui l'assistait durant l'autopsie. Elle en pinçait secrètement pour Fabrice et nourrissait le fol espoir qu'un jour il virerait sa cuti pour lui tomber dans les bras. Mais le légiste tenait bon. Aussi, seuls les yeux de Bruno s'attardèrent sur les contours de la fille des services mortuaires.

Devant l'extrême dégradation du corps, le choix avait été fait de ne pas sortir immédiatement l'enveloppe de son linceul de plastique, mais de le placer dans un scanographe de l'unité de radiologie. Utiliser l'IRM pour disséquer virtuellement des cadavres, c'était la dernière innovation du CHU de Nantes. Un procédé qui restait coûteux et réservé aux cas les plus exceptionnels. Celui-ci en était un.

En attendant qu'on amène la dépouille, le docteur Gautier se pencha au-dessus des images réalisées durant la virtopsie[1]. La partie inférieure du crâne qui avait éclaté sous l'effet de la chaleur, le gril costal et le bassin, tout avait été reconstitué en trois dimensions par la magie du numérique.

Il tendit la main vers un poste radio qu'il alluma sur FIP. En sourdine, « Gift for the End » de Mariee Sioux allégea l'atmosphère. Il prit un bonbon à la menthe et en offrit un au policier.

— L'examen radiographique ne révèle aucune

1. Néologisme : autopsie virtuelle.

trace d'estafilades. Pas de lésions de défense, de corps étrangers ni d'orifice d'entrée d'un projectile. La désagrégation de l'appareil respiratoire ne permet pas de détecter un éventuel œdème pulmonaire ; c'est bien dommage, car c'est une chose fréquente après l'inhalation de fumée. Chez les victimes d'incendie, on retrouve presque systématiquement de la suie dans les bronches.

— Donc, on ne sait pas si la vieille avait déjà rendu l'âme quand le feu s'est déclaré ?

Gautier, songeur, enfila une double paire de gants en latex. L'instant suivant, deux garçons de salle poussaient un chariot. Ils soulevèrent la housse mortuaire qui contenait les vestiges d'Ajita et la posèrent sur une table en inox, à l'aplomb d'un scialytique.

Le légiste ouvrit le sac : la puanteur grillée s'en échappa comme un mauvais génie.

Bruno détourna la tête une seconde et installa un masque en papier sur lequel il avait versé quelques gouttes d'huile essentielle.

Gautier poursuivit leur conversation comme si elle ne s'était pas arrêtée.

— Du thorax, de l'abdomen et du bassin, il ne reste rien. Mais quelques résidus musculaires permettront des prélèvements. L'analyse toxicologique nous précisera la concentration de carboxyhémoglobine dans le sang. S'il dépasse un certain seuil, c'est du côté du monoxyde de carbone qu'il faudra chercher les causes du décès. Mais ne brûlons pas les étapes, fit Gautier, sarcastique.

Gautier pratiqua plusieurs crevées au scalpel, à la recherche d'hématomes profonds. L'examen du cœur, du foie, du pancréas et de tout l'abdomen ne fut pas long : tous ces organes avaient disparu dans un épais duvet de fraisil noirâtre.

— Mon collègue, qui a fait les constatations à la maison de retraite, évoquait une rigidité cadavérique franche.

— Est-ce anormal, compte tenu de l'heure présumée de la mort ?

— Non, l'enraidissement commence trois à quatre heures après la fin de vie ; du haut vers le bas. Elle culmine entre douze et dix-huit heures. Mais, au moment de la découverte du corps, la rigidité était atypique. Quand c'est le cas, on envisage souvent l'hydrocution ou la toxémie. Et puis, certains alcaloïdes accélèrent la raideur des muscles.

Il prit une paire de ciseaux et coupa une touffe au ras de la peau.

— Un collègue a déjà fait un prélèvement pour la PTS, dit Bruno.

— C'est bien. Comme je vous l'ai dit, pensons à la piste du poison. Les substances toxicomanogènes sont véhiculées par le sang jusqu'à la racine des cheveux. Elles pénètrent dedans et s'élèvent au fur et à mesure qu'ils poussent. Nos tignasses en disent long sur nos vices !

Bruno savait que Gautier pérorait en connaisseur. Mais il n'eut droit qu'à un sourire de connivence.

Les deux hommes se dirigeaient vers la machine à café pendant que la sémillante Florence rinçait les outils.

— La presse parle d'une combustion spontanée ; c'est dans les gros titres ce matin, soupira Bruno en mettant une pièce dans le distributeur.

— Je ne lis pas les journaux, je vois suffisamment de joyeusetés à la morgue.

— J'aimerais avoir ton opinion d'expert : une mémé peut-elle s'enflammer toute seule ? Tout fait penser à un homicide, mais nous n'avons pas l'arme du crime.

— Si tu veux, je me renseignerai sur ce sujet. En attendant les résultats des études toxicologiques, je ne peux affirmer qu'une chose : le paranormal, c'est pas ma crèmerie. Le corps humain brûle des graisses et des sucres à une température constante de 37 degrés, on est loin des 1 500 nécessaires pour carboniser les os de notre malheureuse !

Bruno broya son gobelet avant de le lancer dans une poubelle.

— Et pourtant, bon Dieu, elle a bien grillé !

11

Le lieutenant Farge gara sa voiture au pied d'un collectif. Il était crevé, mais retrouver son appartement en bouzin lui faisait horreur. Les mains sur le volant et des idées plein la caboche, il attendait que son appréhension se dissipe.

Finalement, il sortit dans la nuit tombante et releva le col de son imperméable : un modèle qu'il s'était payé avec sa dernière prime de résultat. Une maigre compensation octroyée par le taulier, une excuse pour n'avoir pu encore, cette année-là, l'aider à décrocher le galon de capitaine.

Bruno fixa une seconde l'interphone, au fond de l'impasse. Il se décida à sonner. Une voix familière lui répondit :

— C'est moi, Sandrine.

— Oh… Bruno. Que se passe-t-il ?

— J'ai envie de te parler, c'est important.

— On s'est tout dit.

— J'ai besoin de te voir.

— Tu débarques à l'improviste, je ne suis pas libre.

— Il a quelqu'un chez toi ?

— S'il te plaît, laisse-moi.

— Juste une minute ! Je reste dans l'escalier si tu veux…

La serrure grésilla : la porte s'ouvrit.

Le damier suranné du carrelage, il le connaissait par cœur. En foulant le hall, il humait les souvenirs : c'était hier et déjà si loin.

Il avait rencontré Sandrine un été : elle était professeure d'espagnol, fraîchement divorcée. Lui, drogué du boulot, se battait avec des horaires impossibles. Il avait le moral dans les chaussettes. Elle avait croisé sa route au bon moment. Leur histoire avait coulé de source. Au lit, entre elle et lui, c'était un feu d'artifice. Ils sentaient la complicité, la tendresse qu'ils éprouvaient l'un envers l'autre. De l'amour ? Elle lui avait assuré que c'était de ça qu'il s'agissait. Mais lui n'était pas convaincu de partager ses sentiments. Le doute s'était installé. Devenir père ? Allons donc, il était bien trop misanthrope pour se projeter dans l'avenir. « La vie n'est qu'une tartine de merde, tu dois t'en becqueter chaque jour une bouchée », lui avait répété le paternel durant toute son enfance. Après trente ans à s'échiner dans un garage, le crabe l'avait rattrapé. L'ouvrier ne profita jamais de sa retraite ; il avait vu juste depuis le début.

Quand il l'aperçut, qui descendait les marches, ses cheveux défaits et sa main agrippée aux pans de sa robe de chambre, il comprit à quel point il avait été con.

— J'aurais dû te consacrer plus de temps, il a fallu que tu partes pour que je réalise à quel point je t'aimais. Je veux vivre avec toi, te faire des gosses. J'ai besoin de toi, Sandrine.

Il avait tout déballé d'une traite.

Elle leva la tête vers le palier et murmura : « Moins fort, je t'ai dit que je ne suis pas seule. »

— Sandrine, je…

— Non, écoute-moi ! Nous avons fait le tour du problème, des dizaines de fois. Je ne peux pas lutter contre tes démons. Tant que tu ne seras pas convaincu que tu as droit, toi comme les autres, à un peu de bonheur, comment espères-tu en donner à quelqu'un ? J'ai essayé, Bruno, mais c'est au-dessus de mes forces.

En haut des marches, une voix masculine se fit entendre.

— Tout va bien, ma chérie ?

Les yeux du flic s'étrécirent.

— Il t'appelle déjà « Ma chérie » ? Putain, mais tu le connais depuis quelques jours !

— S'il te plaît, tire-toi.

Il revit cette dureté obtuse dans le regard. Rien ne pouvait la faire changer de cap.

Alors, il laissa retomber ses bras le long du corps et se dirigea vers l'entrée.

Si à cet instant, là-haut, son rival avait manifesté la moindre impatience, il serait monté lui rectifier le portrait sans ciller. Mais heureusement pour eux deux, par ignorance ou par sagesse, il s'abstint.

Bruno contemplait la pluie qui dinguait sur le pare-brise, un peu hébété. Au bout de longues minutes, il perçut un frôlement sur sa gauche. Une silhouette se tenait penchée à côté de la voiture. C'était une Black, vêtue d'une mini-jupe en similicuir fuchsia.

Il la fixa une seconde ; la fille avait posé les mains sur la vitre. Elle ne se décidait pas à partir. Les cataractes plaquaient ses cheveux contre son visage. Bruno appuya sa carte de réquisition contre la lunette et lui fit signe de dégager d'un coup de menton. La souris trouva refuge sous un abribus.

Il allait démarrer quand il aperçut une autre poudrée, toison filasse et figure grêle. Il baissa la vitre de la portière et cria dans la nuit : « Veluska ! »

Elle regarda dans sa direction et se traîna jusqu'à la bagnole. La pluie redoublait, un ruisseau traversait la chaussée.

Sans un mot, il ouvrit la portière ; elle entra se mettre à l'abri.

Le policier dévisageait la pute en fronçant les sourcils.

— T'es raide ?

Elle baissa la tête.

— Bien sûr. Comment veux-tu que j'tienne sinon ?

— C'est quoi, toutes ces Blacks, d'où sortent-elles ? C'était pas le secteur des Roumaines, avant ?

— Ça fait des semaines qu'elles ont débarqué à Nantes, elles descendent tout droit de Paris. Au début, chacune respectait la zone des autres. Les Roumaines et les Bulgares ici ; elles, près des quais et aux abords du centre-ville. Et puis, les Serbes sont arrivés. Ils n'obéissent qu'à une règle, la leur. On raconte qu'ils ont jeté dans la Loire les proxos des Nigérianes. Maintenant, ils contrôlent toutes les négresses de Nantes.

Sa tignasse dégouttait de pluie, elle sortit un élastique et se fit une queue-de-cheval.

— J'en ai vu qui ont été rouées de coups sur tout le corps, mais jamais le visage : faut pas gâcher la marchandise. Les mecs cherchent de bonnes suceuses, ils s'en balancent de savoir ce qu'elles ont sous leurs fringues.

Bruno avait rencontré Veluska quand il travaillait aux stups. Elle était tombée enceinte et son jules avait organisé un avortement clandestin dans une cave des cités. Un locataire avait donné l'alerte, les flics avaient déboulé en pleine boucherie. À l'époque, elle était déjà camée et Bruno avait tout tenté pour l'arracher aux griffes du crack. Il l'avait accompagnée dans les locaux d'une association d'aide aux prostituées. Sans succès. Alors, au fil du temps, il avait renoncé à la sauver. Sa vie jouait les montagnes russes. Accessoirement, elle lui servait d'indic. Il s'écoulait parfois des mois sans qu'il la voie ; il se disait qu'elle s'en était sortie. Mais tôt ou tard, il recroisait sa dégaine de junkie.

— Tu veux manger un truc ?

— J'ai envie de gerber, je vais choper la crève.

— T'es à ton compte, maintenant ?

— Ouais. Je tapine, je rase les murs et je ne bouge pas de mon coin : ça me protège de ces enfoirés de Serbes.

— Leur caïd, tu connais son nom ?

— C'est un taré ; il se fait appeler le Scorpion. On dit qu'il est constamment défoncé au Ya Ba[1] et qu'il ne ressent plus la douleur. J'ai vu une fille de Lagos se pisser dessus parce qu'elle n'osait pas lui avouer qu'elle n'avait pas son quota de passes. Il lui réclamait trois cents euros par semaine, cet enculé.

Bruno et Veluska regardaient la rue, l'averse baissait en intensité.

— Je te dépose quelque part ?

— T'es gentil, mais j'ai rien foutu aujourd'hui. Faut que j'y retourne.

1. Amphétamine d'origine thaïlandaise.

Elle ouvrit la portière et sortit dans la nuit. Une bourrasque fit voler ses cheveux ; l'espace d'une seconde, elle sembla pleine de vie.

— Prends soin de toi, ma grande.

— Toi aussi, joli cœur.

Elle lui fit un signe et s'enfonça dans les ténèbres.

Il mit le contact et leva les yeux. Elle avait disparu. À côté de la vitrine d'une boulangerie, un panneau indiquait : « Boulevard du massacre ».

C'était de circonstance.

12

La greffière ferma la fenêtre du cabinet. Ce matin, elle avait encore trouvé une sale odeur de renfermé en ouvrant la porte. Comme dans ces maisons du bord de Loire aux murs suris. Elle avait aéré et fait brûler du papier d'Arménie pour purifier l'atmosphère. Le juge lui dirait que ça cocottait la vieille chaussette, mais, au fond, il aimait bien qu'elle prenne soin de lui. Rémi Pajole avait dû veiller tard, une fois de plus. Elle avait découvert dans la corbeille les restes d'un sandwich industriel.

Ce qu'elle aimait particulièrement chez ce juge, c'était son absence totale d'arrivisme. Il ne courait après aucune promotion, n'appartenait à aucune loge et s'était toujours défié des confraternités de tout bord. En un mot, il était libre. Il en payait le prix fort car malgré tout, pour ses confrères qui avaient pactisé à un moment ou à un autre, cette posture était insupportable. Elle les renvoyait à leurs compromissions.

Pajole déboula vers 9 heures. Son costume était fripé. Insomniaque depuis la mort de son fils, l'homme tournait aux somnifères.

Parfois, au cœur de la nuit, il enfilait son imperméable et partait marcher, sans but, dans les rues de la ville endormie.

Ce matin, Pajole faisait le point avec le commandant Charolle sur le cas Bihar.

L'autopsie n'avait rien donné de concluant. Il fallait attendre les études toxicologiques et les analyses de Rennes sur la présence éventuelle de produits inflammables.

— Que sait-on de cette femme ? fit Pajole en croisant les bras au-dessus de la liasse de procès-verbaux.

— Elle est inconnue des fichiers de police. Dans le document remis par la maison de retraite, il est écrit qu'elle est veuve. Sans précision du patronyme de feu son mari. Mais il y a plus surprenant encore : notre technicien a prélevé une empreinte digitale. Il l'a comparée avec la base des cartes nationales d'identité. Il n'y a aucun rapprochement.

— Elle n'a pas de papiers ?

— Mais si, monsieur le juge, regardez ça.

Charolle tendit la photocopie d'une CNI. On voyait un cliché d'Ajita sous la mention : « République française ».

— Il y avait une reproduction de la carte dans le dossier des Agapanthes.

— Une fausse ?

— Eh oui ! C'est du beau travail. Les hologrammes et la photo sont nickel. Mais en bas du document, la partie destinée à la lecture optique est celle d'une autre personne !

Sceptique, Pajole se pencha au-dessus de la feuille.

— Vous remarquez les premiers caractères : « FRBIHAR » ? Ils correspondent à notre pensionnaire. « FR » c'est France et on aperçoit le bon patronyme : BIHAR. Le problème, c'est le matricule qui suit. Il fait référence à l'alphanumérique de la préfecture, à la clef de contrôle et à la date de naissance. Ils sont le facsimilé d'un code optique présent sur une autre pièce d'identité : celle de Valérie Pardieu, décédée le 12 juin 1997, à Gerzat, dans le Puy-de-Dôme. J'ai retrouvé la trace de cette femme dans un fichier de police : elle a porté plainte pour le vol de son sac à main en 1995, dans le métro parisien.

— Qu'est-ce que vous en pensez, commandant ?

— Ajita Bihar n'est probablement qu'un nom d'emprunt ; c'est un fantôme. Même si nous parvenons à comprendre comment elle est morte, le mobile nous fera défaut.

— Et bien sûr, vous n'avez aucun suspect en magasin ?

Charolle fut piqué au vif.

— Nous avons exploité l'enregistrement vidéo d'une caméra située près de l'entrée de la résidence. Elle était braquée sur le parking.

Charolle attrapa son ordinateur portable et le plaça devant le magistrat. Après l'avoir allumé, il ouvrit un logiciel de gestion de photos.

— Ces clichés correspondent à une tranche horaire prise entre 21 heures et 5 heures du matin. C'est dans cette « fenêtre » que la victime a brûlé. Sur cette image, monsieur le juge, on voit trois véhicules garés en épi. On ne distingue pas les plaques, mais celle-ci, c'est une berline anthracite. Du haut de gamme : une BMW. Les deux autres, des citadines de couleur blanche.

Bruno cliqua sur une flèche en bas de l'écran et fit défiler la bande jusqu'à la scène suivante.

— À 1 h 30, on aperçoit une femme en blouse d'infirmière marcher vers une voiture, elle monte à bord et quitte les lieux. Si j'utilise l'option «loupe», je peux zoomer sur l'immatriculation de l'auto, une Clio C3.

— Vous avez consulté le fichier des cartes grises ?

— Bien sûr ; elle appartient à Gisèle Monglin : une des deux aides-soignantes de garde cette nuit-là.

— Elle va où, comme ça ? Elle abandonne son poste ?

— J'ai déroulé l'enregistrement vidéo pendant trente minutes. Sur ce laps de temps, on remarque une séquence particulière : la BMW qui démarre et, cinq minutes après, Gisèle Monglin qui revient se garer. On voit qu'elle porte un sac plastique et qu'elle rejoint l'entrée de l'institut.

— Cette BMW, il y avait bien quelqu'un au volant, on n'aperçoit pas le chauffeur sur la bande ?

— Non, mais il y a une dernière chose que j'aimerais vous montrer.

Christian tira l'ordinateur vers lui et ouvrit le fichier vidéo de l'enregistrement nocturne. Il positionna la scène où Mme Monglin sortait les clefs de son véhicule et marchait vers la portière avant.

Pajole se pencha vers l'écran. Charolle restait derrière, à l'affût des réactions du juge.

— On dirait qu'elle regarde en direction de la berline... Quelque chose l'intrigue. Elle a remarqué le conducteur ?

— Possible, voyez maintenant comme elle se dépêche d'entrer dans la voiture et de démarrer !

— Il faut qu'on sache qui était dans cette bagnole.

— On a convoqué Monglin cet après-midi.

— Très bien.

Le juge s'éclaircit la voix.

— Commandant, avant de vous remercier, j'aimerais attirer votre attention sur un point, crucial en vérité.

— Je vous écoute.

— La capitaine Mayet a bien procédé à l'audition du directeur des Agapanthes ?

Charolle repassa de l'autre côté du bureau avant de répondre :

— En effet.

— Me confirmez-vous que sa propre mère réside dans cette maison de retraite ?

— Oui, mais…

Pajole soupira.

— Comprenez-moi bien. Nous ignorons où nous mènera cette enquête, mais imaginez que je propose à mes collègues[1] la mise en examen de Jean-Charles Dupré. Ses avocats éplucheront tous les P.-V. à la recherche de la moindre faille, et ils auront raison. S'ils apprennent que, parmi les policiers qui ont rédigé, l'un d'eux est impliqué personnellement dans le dossier, ils crieront à la suspicion légitime. Cela jetterait une ombre sur toute la procédure. Je ne peux l'accepter.

Charolle se passa une main dans les cheveux.

— Je comprends.

---

1. Depuis l'affaire dite d'Outreau, la mise en examen d'une personne est décidée par un collège de trois juges.

13

Le brigadier Hugo Servier posait à peine son casque de moto qu'Isabelle lui tomba dessus.

— T'as un truc sur le feu, ce matin ?

— J'attends de Rennes l'analyse spectrométrique.

— J'ai prévu d'inspecter la résidence qu'Ajita Bihar possédait à La Bernerie-en-Retz. Tu te souviens des clefs, dans sa chambre ? C'est imprudent d'y aller seule, tu m'accompagnes ?

— OK.

Ils attrapèrent chacun leur gilet pare-balles à port discret et vérifièrent que leur Sig-Sauer était bien chargé.

Dans le hall du troisième étage, Charolle interpella Isabelle :

— Je viens de voir Pajole, il ne souhaite pas que tu signes des P.-V. Il pense que ça fragilise le dossier. Qu'est-ce que je peux faire ? C'est une sacrée tuile, déjà qu'on n'était pas nombreux.

Elle voulut protester, mais elle connaissait l'intransigeance du juge.

La Peugeot fila en direction de Pornic. Il avait gelé la nuit précédente ; la végétation était pétrifiée. Après une demi-heure, ils prirent la D66 qui s'enfonçait au milieu du bocage. La route devint étroite, les accotements incertains. Même avec le GPS, ils eurent du mal à toucher au but. La demeure s'élevait au bout d'une allée herbeuse. Sur le portail, hérissé de pointes en fer, la pancarte d'une agence immobilière indiquait : « À VENDRE ».

L'enseigne Charme & Littoral nichait en plein centre de La Bernerie. La gérante, impeccable dans son tailleur prune, partageait le bureau avec un jeune homme en costard, archétype du commercial aux dents longues.

Isabelle présenta sa carte et demanda qui vendait le manoir d'Ajita.

Au mot « meurtre », la responsable blêmit. Elle ouvrit une armoire et sortit un dossier.

— C'est M. Jamak Sunsi qui a rempli tous les papiers. Il agissait par procuration de Mme Bihar. L'annonce est en ligne depuis six mois.

— Vous avez eu beaucoup de visites ?

— Deux ou trois familles. Elles n'ont pas fait de propositions. L'emplacement est exceptionnel, mais l'habitation a été laissée dans l'état. Il lui faudrait un bon rafraîchissement. Nous l'avons dit à M. Sunsi à plusieurs reprises : telle quelle, la transaction sera difficile. Mais il était pressé de la mettre sur le marché, il ne nous a pas écoutés.

— Pourquoi cette précipitation ?

— Je l'ignore. Mme Bihar a été placée en maison de retraite, elle avait besoin de payer son séjour, j'imagine.

— Ce monsieur, vous avez sa photo, la copie d'une pièce d'identité ?

— Un instant.

La gérante fouilla une minute et tendit une feuille.

L'image était celle d'un sexagénaire d'origine indienne, un Français peut-être, à moins que ce ne soit encore celle d'un mort, pensa la capitaine.

— Où peut-on le trouver ?

— Il m'a laissé un numéro de portable et une adresse courriel. Il m'a dit qu'il était à l'hôtel, le temps que le manoir se vende. J'ai précisé que ça pourrait durer des semaines, voire plus. Ça ne semblait pas l'inquiéter. Je sais qu'il travaille dans un restaurant indien à Nantes. Je ne connais pas le nom de l'établissement.

Isabelle demanda à la femme d'appeler le numéro en prétextant qu'un acquéreur souhaitait rencontrer le propriétaire. Hélas, elle tomba sur une messagerie.

Dix minutes plus tard, ils étaient tous les quatre devant le portail. Hugo prit le jeu de clefs.

Invisible depuis la route, le chemin sinuait au milieu d'un bois. Les arbres étaient chétifs et rongés par les parasites. Il débouchait sur une clairière où s'élevait une maison de maître.

Les fenêtres étaient closes.

Près de l'entrée, un grand chêne frappé par la foudre tendait vers le ciel ce qui lui restait d'écorce. Autour du tronc : une ceinture bariolée de tissus.

— On dirait ces drapeaux de prières qu'on trouve dans l'Himalaya, remarqua Hugo.

La gérante de Charme & Littoral sortit un dossier de son sac.

— Cette demeure appartenait à une famille d'exploitants viticoles. Hélas, leurs vignes ont été mitraillées par la grêle et noyées sous les trombes d'eau durant l'hiver 2001. À la mort du propriétaire, les enfants se sont disputé les miettes comme des vauriens. C'était une tribu un peu spéciale, le patriarche a fini sa vie dans la solitude. Après le décès de son épouse, il s'est retranché dans cette maison. J'ai entendu bien des rumeurs sur cet endroit. On racontait que le bonhomme vivait comme un hibou au dernier étage, seul avec son fusil. Quand Mme Bihar a racheté le domaine, les débinages n'ont pas cessé pour autant. Je me souviens qu'elle fréquentait les marchés du coin. Parfois, le dimanche, elle tenait un stand où elle vendait des breloques : des cosmétiques bio ou des crèmes ayurvédiques. Je la connaissais de vue. Elle était souvent en sari et sortait rarement du manoir ; des gamins disaient que c'était une sorcière. Des fadaises de gosses.

Tout en écoutant la gestionnaire, les policiers inspectèrent l'arrière de l'édifice. Il s'y trouvait un potager délaissé que l'hiver achevait. On apercevait la margelle d'un puits et, tout au fond, un grillage. Au-delà, on devinait un sentier des douaniers. En s'approchant, Hugo remarqua la clôture rouillée et les clous saillants. Une frise de barbelés rasoirs interdisait à quiconque d'entrer.

— C'est l'Indienne qui l'a fait installer ? demanda Hugo.

— Oui, répondit la femme. Elle et son ami avaient une peur bleue des cambrioleurs. Je leur ai dit que c'était mauvais pour la vente de laisser des trucs pareils dans le jardin, mais ils n'ont rien voulu savoir. Franchement, lâcha-t-elle sur le ton de la confidence, si ce n'était pas la crise, je n'aurais jamais signé avec eux.

Derrière la porte d'entrée, on accédait à un corridor central qui distribuait les salles du rez-de-chaussée.

Hugo progressait devant, la main sur son arme. Il n'y avait aucun bruit. Les murs étaient remplis de portraits : la dynastie des vignerons. La galerie de trognes, cuites par le soleil et le labeur, jetait sur les visiteurs un regard peu amène. Le couloir se prolongeait par un escalier menant à l'étage, puis aux combles. Le mobilier et la décoration dormaient sous un linceul de poussière. Le grand salon, encombré et mal éclairé – une porte-fenêtre était patraque –, contrastait par son ornementation avec le reste des pièces. Dans le faisceau de leurs lampes, ils découvraient des meubles en manguier du Rajasthan, des draperies exotiques, des bâtonnets d'encens à demi consumés et des plantes diaphanes. Dans un angle, une toile évoquait une créature à dix bras, issue de quelque panthéon hindou.

Au gré de son inspection, Isabelle tomba sur une photo encadrée : un homme, la trentaine, tenait un garçonnet sur ses genoux. Il était vêtu d'un pantalon large, resserré aux chevilles, et d'une tunique aux couleurs vives. La capitaine retira le cliché de son support et le conserva dans une enveloppe en papier. Quelques minutes plus tard, Hugo fit une trouvaille. Il y avait dans le prolongement du salon une véranda transformée en atelier de peinture. Quelques panneaux vierges, laissés au sol, côtoyaient sur les murs des œuvres inachevées. Dans une cagette, des galets formaient un petit cairn ; certains portaient des inscriptions en hindi. Le brigadier prit le tout et le posa sur une table.

— Ce sont les mêmes pierres que celles que j'ai ramassées dans la chambre d'Ajita.

— Je m'en souviens, fit Isabelle. Si j'en crois l'infirmière Pinson, la vieille rapportait des cailloux après s'être promenée dans les jardins de la résidence. Ils ne poussent quand même pas avec ces caractères sur le dos.

— S'ils viennent d'ici, c'est que quelqu'un les lui apportait…

Le manoir était plus grand qu'ils ne l'avaient supposé. Convaincus qu'il était bien inhabité, les deux enquêteurs décidèrent de se partager les recherches. Hugo au grenier et à l'étage, Isabelle au rez-de-chaussée et à la cave.

Dans les sous-sols, un couloir creusé dans la terre – l'électricité étant coupée, la capitaine progressa avec sa Maglite – menait à un imposant cellier. Ce devait être la réserve du vigneron ; un même nom de domaine figurait sur toutes les étiquettes. Des cartons moisis renfermaient des livres de comptes et toute une paperasserie. D'autres portraits en noir et blanc dormaient dans une malle. Ils désignaient l'ancien propriétaire des lieux : mariage, fantassin durant la guerre d'Algérie, récoltant planté au milieu de ses pampres, poings sur les hanches et bacchantes dressées en fourche.

En remontant du souterrain, une toile d'araignée dans les cheveux, elle appela Hugo pour lui dire qu'elle avait terminé.

Quelque part au-dessus d'elle, elle entendit un pas lourd, puis un bruit sec précédé d'un grand cri de douleur.

— Hugo ! hurla Isabelle.

Elle sortit son arme et se précipita dans l'escalier.

14

Bruno descendit à l'accueil pour récupérer la personne convoquée. Il remarqua une jeune femme qui réprimandait son petit garçon, une brune habillée avec classe. Son visage était doux, son regard souligné par les cernes : une mère isolée. Il avait l'œil pour les repérer.

Solange Louzou, éléphantesque, affronta vaillamment les trois étages de l'hôtel de police ; l'ascenseur était encore en panne. Son souffle rauque résonnait dans toute la cage d'escalier. Quand l'infirmière s'assit sur la chaise, elle répandait une odeur d'ail tiède.

Bruno démarra son audition. Au bout de quelques minutes, il entrait dans le vif du sujet.

— Madame Louzou, vous confirmez que vous étiez bien de garde la nuit où est décédée Mme Ajita Bihar ?

— En effet.

— Vous partagiez votre service avec une autre soignante, Gisèle Monglin ?

— C'est cela.

— À un moment, Mme Monglin a quitté la maison de retraite avec son véhicule privé. C'était précisément à 1 h 30 du matin. Elle n'est revenue que plusieurs dizaines de minutes après. Pourquoi s'est-elle absentée ?

Solange s'agitait imperceptiblement sur son siège, mais, du fait de sa masse, le métal chuintait désagréablement.

— Eh bien, il nous arrive de manger un morceau, pour accompagner le café et nous maintenir éveillées. Les nuits sont longues. Gisèle avait fait un cake, mais il était resté chez elle. Alors, elle est partie le chercher. Elle habite Bois-de-Cène, c'est près de Machecoul.

— Il y avait une autre voiture, garée devant les Agapanthes. Une berline grise. Était-ce votre véhicule ?

— Non.

— Ce n'était pas celle de Gisèle Monglin ni celle de la femme de ménage, elle possède une Peugeot. Que faisait cette grosse bagnole, en pleine nuit, sur le parking ?

Solange Louzou peinait à dissimuler son embarras.

— Je ne sais pas…

— Ça ne fait pas partie de votre job de recenser les choses anormales, la nuit ?

— On s'occupe que des retraités.

— C'est tout ce que vous avez à nous dire ?

— Oui, monsieur.

Bruno eut du mal à cacher son incrédulité.

— Attendez un instant.

Le policier sortit du bureau et n'eut que dix mètres à faire pour entrer dans celui de Charolle, qui bécanait devant Gisèle Monglin, la dame au cake.

— Je peux te parler une seconde ?

Charolle se leva et tira la porte.

— Qu'est-ce que ça donne avec l'autre panseuse ?

— Elle admet l'existence de la BMW, mais dit ignorer à qui elle appartient. Pour moi, c'est du flan.

— Idem pour la Gisèle, elle ne se souvient pas de la voiture !

— Tu lui as montré les photos ?

— Non, je laisse filer le P.-V. de chique[1].

— Qu'est-ce qu'on fait avec miss saindoux ?

— On n'a que dalle pour la mettre en garde à vue. Fais-lui signer ses déclarations et demande-lui de rester ; trouve une excuse, n'importe quoi. Moi, je retourne cuisiner Gisèle. Si la mémoire continue de lui faire défaut à propos de la bagnole, on appelle le juge et on voit.

Le commandant toisa Gisèle Monglin et ouvrit un tiroir. Il sortit une liasse de photos et en posa une bien en évidence devant elle.

— Vous reconnaissez-vous, là-dessus ?

Elle se penchant en avant et hocha la tête.

— Je suppose que c'est moi.

— Bon, et cette BMW. Pourquoi la fixez-vous comme ça ?

— Pour rien…

Charolle frappa des deux poings sur la table. La femme sursauta.

— Enfin, merde ! J'ai une mamie carbonisée et trois suspects sous la main. Mme Goncalves, on oublie. Elle a trouvé le corps bien après le début de la combustion. Restent deux miss qui sont presque aussi amnésiques que leurs patientes. Vous connaissez la suite ? Je vais demander au juge votre placement en garde à vue.

1. Première audition laissant un suspect exposer sa version, si mensongère soit-elle. Les autres interrogatoires servent à révéler les incohérences.

Vous allez descendre en cellule et passer la nuit avec les pochards : ça ne sentira pas la rose, vous pouvez me croire !

Gisèle inclina la tête, vaincue.

— C'est la voiture du docteur Gardon, le gériatre.

— Que faisait-il sur ce parking, si tard ?

La voix de Charolle s'était adoucie.

— Je ne sais pas ; d'habitude, il quitte son service à 19 heures.

— Qu'avez-vous vu dans la caisse ?

— Il était avec une femme, je n'ai pas distingué ses traits. La situation était gênante, j'ai préféré m'éclipser.

Moins d'une heure plus tard, au téléphone avec Pajole, le commandant lui faisait le compte rendu des auditions.

— On a un témoin qui affirme avoir vu le docteur Gardon se bécoter avec une infirmière de la maison de retraite : Chantal Henning. Elle encadre l'équipe à laquelle sont rattachées les deux nuiteuses, Solange et Gisèle. Vous pensez, elles n'étaient pas pressées de balancer le nom de leur chef. Après ça, on les a un peu cuisinées. On en a appris de belles.

Christian Charolle changea son combiné de main et relut rapidement un extrait du P.-V. posé devant lui.

— Le toubib, Félix Gardon, est un Casanova de basse-cour. Selon ces dames, il est au centre de tous les commérages, multipliant les conquêtes. Il est cul et chemise avec la direction, qui ferme les yeux. Gardon possède un bateau à Pornic, il offre parfois un cabotage à l'élue du moment.

Dans son bureau, Pajole mit le haut-parleur et pianota sur son ordinateur. Il cliqua sur une icône qui le connecta avec le serveur intranet du CAD B1[1] : le casier judiciaire national. Il entra son mot de passe et tapa « Chantal HENNING » dans le moteur de recherche. Trois noms apparurent. Les deux premiers ne correspondaient pas avec l'âge supposé de l'amante de Gardon. Mais pour le troisième, la profession (infirmière) et le domicile (Sainte-Pazanne, tout près de Machecoul), aucun doute n'était possible.

Le juge tressauta sur son siège.

— Commandant, écoutez ce que je viens de trouver, vous n'allez pas me croire !

1. Consultation à distance du bulletin n° 1 (CAD B1), le relevé intégral des fiches du casier judiciaire des individus condamnés. Le B1 est délivré aux seuls magistrats du parquet et de l'instruction.

15

Quand Isabelle bondit à l'intérieur du grenier, arme au poing, elle vit Hugo qui gisait à terre. Livide et grimaçant, il tenait une de ses chevilles entre ses mains. Elle dégoulinait de sang.

— Hugo, que se passe-t-il !

— Les combles sont piégés, geignit-il.

Elle inspecta la plaie.

— Ça pisse pas mal, mais tu vas t'en tirer avec quelques points de suture. Laisse-moi faire. Elle sortit un mouchoir de sa veste et entoura la blessure en serrant.

Hugo prit appui sur l'épaule droite de son chef et se redressa avec peine.

— Mon flingue… où est-il ? Il m'a échappé.

Isabelle ramassa le calibre et en profita pour examiner le sol. Au pied d'une grande pendule à balancier, le plancher avait cédé dans une cavité remplie de tessons de miroirs.

— Ne restons pas là, Dieu sait combien de surprises de ce genre traînent encore dans le coin !

En bas, la gérante de Charme & Littoral était consternée.

— Le propriétaire ne m'a jamais dit qu'il avait piégé son grenier !

Isabelle fit asseoir Hugo à l'arrière de la voiture et prit le volant.

— Je demanderai à Bruno de passer voir l'agence immobilière demain. Pour le moment, je t'emmène aux urgences.

— Si je m'attendais à ça. Et dire que la baraque est à vendre !

— Une retraitée avec un faux nom, un manoir gardé comme un donjon du Moyen Âge. Cette Ajita Bihar était tout sauf une mémère lambda.

*

Au CHU, Hugo eut droit à dix points de suture et à une injection antitétanique. Isabelle le raccompagna chez lui. Au moment de le déposer, elle le trouva livide et transpirant.

— Eh, mais tu te sens bien ?

Comme il répondait à peine, elle fit le tour de la voiture pour l'aider à sortir. Il habitait au deuxième étage d'un immeuble, place Émile-Zola. La capitaine prit les clefs de l'appartement que le brigadier lui tendit, ouvrit la porte et le conduisit au salon. C'était la première fois qu'elle entrait chez lui. L'antre inviolé d'un parfait célibataire. Tout, dans le décorum, évoquait la passion d'Hugo pour le black metal et son imagerie funèbre. Les murs étaient recouverts de posters dédiés à des groupes aux noms suggestifs : Arch Enemy, Dark Throne, Ghost, Immortal ou Cradle of Filth.

Le flic s'allongea sur le canapé pendant qu'Isabelle partit en quête de boissons fraîches. Elle trouva des bières dans le frigo, en décapsula deux et vient le rejoindre.

— Comment comptes-tu te taper des nanas avec une déco pareille, non, mais t'as vu ça ! rit-elle en parcourant la pièce du regard.

— J'ai le souvenir ému d'une Hollandaise qui n'était pas de cet avis.

— Une gothique, je parie !

Isabelle tendit la canette et se laissa choir sur le sofa.

— Tu vas être hors circuit pour une bonne semaine. Et moi qui ne peux plus acter, bonjour la bande d'éclopés !

Hugo prit appui sur l'accoudoir ; il sirotait sa mousse, pensif.

— J'aimerais bien savoir qui a piégé le grenier, et surtout, pourquoi. Le vigneron au fusil ou notre mamie fantôme ?

— Je retournerai sur place demain. En attendant, tu te reposes. Je rédigerai le P.-V. à ton nom, tu n'auras qu'à le signer.

— Merci, t'es sympa.

— Tu devrais prendre un bain. Ta mère pourrait passer ?

— Je ne veux rien lui devoir. Mais si tu peux m'aider à me traîner vers la baignoire, ça me va.

Isabelle régla l'eau chaude. Hugo n'était pas au mieux de sa forme, sa tête dodelinait. Il ôta son tee-shirt et le jeta au sol.

Les yeux d'Isabelle tombèrent sur son torse ; quelque chose frémit en elle. Elle sortit.

Sur le canapé, elle resta là un moment. Son esprit divaguait. Une seconde avait suffi pour que rejaillisse en elle une flopée d'émotions et de frustrations mêlées. Elle était seule, elle n'avait pas touché le corps d'un homme depuis des mois, et plus encore. Le boulot et les visites auprès de sa mère avaient pris toute la place. Un sentiment de vacuité l'engourdissait.

Derrière la porte de la salle de bains, elle devinait le clapotis de l'eau.

Hugo tendit la main vers une serviette et s'extirpa avec peine de la baignoire. Il avait laissé sa cheville enturbannée d'un sac plastique. En sautillant, il se dirigea vers le salon. Il ne vit pas Isabelle. Son manteau n'était plus sur le fauteuil.

Elle était partie.

16

Christian Charolle trouva le juge d'instruction en bras de chemise, penché au-dessus des feuillets que son fax dégorgeait.

— Désolé de vous faire venir à mon cabinet, commandant, mais je voulais que nous en parlions de vive voix.

L'officier prit une chaise et s'assit. Le magistrat fit le tour du bureau et posa devant lui plusieurs documents.

— Chantal Henning, l'infirmière surprise avec le docteur Félix Gardon, la nuit du crime : j'ai découvert qu'elle est connue des services judiciaires.

— De quoi s'agit-il ?

— Henning a été reconnue coupable de vol de morphine. Les faits se sont déroulés entre février et juin 2000. À l'époque, elle travaillait à la section des soins intensifs de la clinique Padre Pio de Nice. Une enquête interne a révélé qu'elle détournait de l'alcaloïde dans des cartouches. Celles qu'on utilise dans les pompes analgésiques destinées aux malades. Prise sur le fait, elle avoua qu'elle revendait la drogue pour arrondir ses fins de mois. Le préjudice était modeste, l'établissement ne porta pas plainte. Par peur du scandale, j'imagine. Mais le parquet est resté inflexible : au final, elle a écopé d'une peine de deux ans d'emprisonnement avec sursis. La justice lui a interdit d'exercer sa profession pendant cinq années.

— C'est déconcertant, pour le moins, fit Charolle.

— Oui, et il y a plus dérangeant encore. Les investigations ont montré que Chantal Henning, avant d'intégrer la clinique niçoise, a été soignante en département de pédiatrie. Elle a offert ses services à trois hôpitaux. Tous situés dans la région PACA. Dans deux centres, durant son ministère, on releva un nombre inhabituel de morts subites du nourrisson. Toujours la même cause : insuffisance cardiaque.

— Vous croyez que…

— Je n'ai aucune preuve, et Chantal Henning n'a pas été inquiétée pour ces faits. Mais tout ça ne me plaît pas.

— On se concentre sur elle ?

— Et comment, sourit Pajole en regagnant son fauteuil. Nous devons connaître la place qu'elle occupait à la maison de retraite et quels étaient ses liens avec Ajita. Mais avant de l'entendre, je veux convoquer le directeur des Agapanthes.

Charolle fit la moue.

— Le parquet va tousser.

— C'est mon affaire, répondit Pajole.

17

L'équipe de déminage de la Sécurité civile sortit du manoir au grand jour. Un gradé fit signe à Bruno et Isabelle, vêtus de leur brassard orange, qui patientaient près d'un arbre. Il s'approcha en s'épongeant le front. Sa combinaison en kevlar le faisait suer comme un bœuf.

— Pour ce qui est du grenier, on n'a trouvé aucune charge explosive ; pour le reste du bâtiment, on ne se prononce pas. Il faudrait des jours pour tout examiner.

Quand la camionnette des artificiers s'éloigna sur le sentier qui menait au portail, les deux enquêteurs entrèrent à nouveau dans la demeure.

Les combles sentaient la poussière chaude. De grandes malles gonflées de nippes et de papiers s'alignaient sous des poutres épaisses.

Isabelle montra à Bruno les crocs de verre qui luisaient dans le trou du parquet.

Elle regarda la pendule et son balancier étale.

Après quelques instants passés à tapoter les boiseries et à sonder le meuble, elle découvrit une jointure discrète. Isabelle exerça une poussée et perçut un déclic : un compartiment secret. À l'intérieur, plusieurs liasses de billets, libellés en euros. Il y en avait pour une petite fortune. Était-ce là le trésor du misanthrope ?

L'anachorète, l'esprit embrumé par la paranoïa, avait-il construit lui-même la chausse-trape et monté la garde des nuits durant, à la fenêtre du grenier ? Pourtant, les billets de cent euros exhalaient le neuf. Ajita et le mystérieux Jamak avaient peut-être repéré la cache et décidé de l'utiliser à leur compte.

Isabelle enfila des gants en latex et sortit tout le fric. Quand elle atteignit le fond de la cavité, ses doigts effleurèrent une masse dure. Elle prit sa lampe et éclaira : c'était un revolver. Elle ouvrit le barillet et fit tomber des cartouches qui tintinnabulèrent sur le plancher.

— On va de surprise en surprise. Tu t'y connais, en flingues ? souffla Isabelle en exhibant l'arme de poing.

Bruno l'examina.

— Le numéro de série a été limé ; il y a une inscription sur la crosse, on dirait du mandarin. On ne pourra exploiter AGRIPPA[1] que si on parvient à retrouver les caractères. Je ne sais pas s'ils seront assez costauds pour faire ça, à Rennes.

— Ils ont une mallette spéciale pour la restructuration de numéros, Hugo m'en a parlé une fois. On lui confiera le flingue.

*

Le reste de l'après-midi fut consacré à la rédaction des P.-V. Les feuillets s'empilaient rythmiquement, donnant au dossier Ajita une hauteur appréciable.

Au téléphone, Isabelle prit des nouvelles d'Hugo et appela sa mère aux Agapanthes. Pour clore la journée,

1. Fichier informatisé des propriétaires et possesseurs d'armes.

elle assista à une réunion à laquelle participa le chef de service. Les derniers éléments portaient sur l'identification de la CNI de Jamak Sunsi. Ce ne fut une surprise pour personne : le document était falsifié, et le titulaire de la carte, mort depuis des années. Quel qu'en fût l'auteur, c'était un travail d'orfèvre.

Donnadieu se tourna vers ses hommes.

— Vous pensez qu'il s'agit d'une vendetta entre trafiquants ?

— Ce n'est pas exclu, répondit Charolle. J'ai demandé au juge de nous autoriser à requérir la banque qui gère le compte de Sunsi. Et vous savez quoi ?

— Il est vide, lâcha Isabelle.

L'autre ne masqua pas son dépit.

— Comment as-tu deviné ?

— Avec tout le liquide que j'ai ramassé dans l'horloge du manoir – près de cent cinquante mille euros –, il n'est pas surprenant que le compte soit en sommeil. On a affaire à des gens discrets qui dissimulent leurs capitaux. J'ai parlé tout à l'heure avec Alexandre, de la brigade financière. Il paraît que dans les milieux mafieux indiens ou chinois, on a largement recours au « *hawala* », un système informel de transfert de fonds. Le procédé repose entièrement sur l'honneur.

— Comment ça marche ? fit un enquêteur.

— On transmet une somme à un *hawala* de confiance, ce dernier vous donne un bon et empoche une commission au passage. Après, il file le dépôt à un autre *hawala*, et ainsi de suite. Le remettant pourra récupérer son argent, n'importe où le long de la chaîne, grâce à son coupon. Au départ, le dispositif était l'apanage des travailleurs pauvres, privés d'accès au réseau bancaire.

Puis la pègre l'a utilisé et, au moment des attentats du 11 Septembre, on a dit que les banques communautaires avaient joué un rôle dans le financement du terrorisme.

Sitôt après la réunion, Isabelle regagna son appartement et enfila une tenue de jogging. Malgré le froid et la brume qui recouvrait la métropole, elle s'élança sur le quai de la Fosse et prit la direction de l'île de Nantes. Les anciennes halles industrielles, jadis dévolues à la construction navale, hébergeaient désormais des ateliers d'artistes et l'immense pachyderme des Machines, tout de bois et de fer.

Dans la nuit humide, il évoquait une galerie de l'évolution inachevée.

Elle regagna son domicile, passage d'Orléans, juste avant la pluie. Lorsque la porte du hall claqua derrière elle, Isabelle ne tarda pas pour actionner l'interrupteur. Tous les spécialistes avaient regagné leurs pénates. Elle était seule.

Elle gravit les marches à petites foulées, tira le verrou, vérifia machinalement que son arme était dans sa cachette et entra dans la salle de bains.

Ce soir, elle mettrait des bouchons et s'affranchirait, durant un sommeil réparateur, des couinements de l'édifice. Mais, sitôt couchée, elle comprit qu'elle ne dormirait pas de sitôt. Trop de café aujourd'hui.

Lasse de s'agiter dans son lit, Isabelle se leva.

Elle alluma une grosse bougie, couleur citrouille, sur la table basse du salon. La bouilloire gargouillait ; elle avait envie d'une tisane. En déchirant le sachet, elle perçut le ronflement d'un insecte qui passait derrière sa tête. En se retournant, elle vit un papillon aux ailes velues tournoyer au-dessus du lumignon avant de venir se foudroyer dans la flamme. Isabelle avait regardé la scène, fascinée.

En contemplant les restes du butineur, il lui vint une idée.

Elle s'assit en tailleur sur le lit et ouvrit son PC.

L'absence totale de mobile entourant la mort d'Ajita laissait entrevoir une explication qui leur avait échappé jusqu'à maintenant : une autodestruction.

En joignant les mots « suicide », « feu » et « immolation » sur un moteur de recherche, Isabelle dénicha plusieurs articles intrigants.

Certains évoquaient les carnages de sectes apocalyptiques, d'autres le geste fou de jeunes Afghanes qui préféraient s'immoler plutôt que d'accepter un mariage arrangé avec un patriarche. Beaucoup relataient le sacrifice des moines tibétains, en butte à la répression chinoise.

En rajoutant « Inde », la toile lui offrit un reportage consacré au « *santhara* » : des veuves qui se laissent mourir de faim. C'était une coutume religieuse prônée par le jaïnisme. Différentes photos montraient des vieilles drapées de blanc, un bandeau sur la bouche. Il veillait à ce qu'elles n'avalent aucun moucheron par inadvertance. Le dogme jaïniste défendait de tuer la moindre créature.

Ajita était-elle une dévote qui avait choisi, confrontée à son handicap et à son grand âge, de recourir à ce rite radical ? Voulait-elle atteindre le nirvana et échapper à la souffrance ?

Pourtant, le revolver et les faux papiers coïncidaient mal avec l'image d'une sage grand-mère hindouiste.

Plus Isabelle s'enfonçait dans cette affaire, plus le mystère s'épaississait.

Au moment d'éteindre le PC, elle fixa une dernière fois l'écran. Un visage féminin à la peau parcheminée, deux yeux noirs qui plongeaient dans les siens.

Au fond des orbites, on ne distinguait nulle lumière, nul apitoiement.

La simple promesse d'un passage. Où menait-il ? Seule l'Indienne le savait.

De l'autre côté du Styx, elle lui faisait signe.

18

Michel Ravaud ne dormait pas non plus. Sur la table de nuit, le réveil à cristaux liquides affichait 4 heures du matin. Dans le couloir, il régnait un silence total. Tous les sens du vieil homme étaient aux aguets. Il repoussa les couvertures et commença à s'habiller. Il avait choisi son gros pull de camionneur et une paire de godillots fatigués, ils lui rappelaient le temps où il randonnait sur les GR de Bretagne.

Il ouvrit le tiroir de son bureau et prit l'enveloppe qui s'y trouvait. Il y avait le prénom « Claire » écrit dessus. Un début d'arthrite l'avait contraint à s'entraîner longuement sur un brouillon, il s'était appliqué autant qu'il avait pu.

Sur la table, il posa bien à plat sa médaille. C'était l'insigne qui honorait tous les déportés.

Là où il allait, il n'en aurait pas besoin.

Il entrebâilla la porte de sa chambre et jeta un œil dans le couloir. Les veilleuses jalonnaient le chemin jusqu'au réfectoire. On devinait le murmure d'un poste de radio, quelque part. Le champ était libre.

Dans son ventre, quelque chose vibrait de nouveau ; le souvenir d'une excitation lointaine. Il se revoyait, trépignant dans la cabine de son avion, à guetter le coucher du soleil. C'était il y a bien longtemps, sur une base du sud de l'Angleterre.

Il longea le mur jusqu'à la piaule de Claire Mayet et glissa l'enveloppe sous la porte. Le retraité aurait voulu lui dire au revoir, de vive voix. Mais il n'avait jamais été doué pour ce genre de choses. Ce n'était pas un hasard s'il ne s'était jamais marié. Il se releva et se dirigea lentement vers la chaufferie. Elle n'était jamais fermée. Derrière, une volée de marches descendait au sous-sol. Un jour, des infirmiers avaient mentionné une galerie qui menait à une entrée de service, près de la salle des machines. Il suffisait d'un bon coup d'épaule pour forcer la serrure.

Michel n'avait eu qu'à tendre l'oreille. Tout le monde le prenait pour un maboul qui vivait dans ses rêves. Il n'y avait que Claire qui lui prêtait un peu d'attention, un peu d'affection.

Il avait rempli ses poches avec des morceaux de sucre et des barquettes de pâte à tartiner.

Le vieux Ravaud s'était constitué une réserve, comme au Stalag IV, quand lui et ses compagnons de misère ramassaient méticuleusement les miettes de leur table. Ils les compactaient en boulettes qu'ils engloutissaient comme des friandises.

La traversée du tunnel lui parut interminable. Michel avançait à tâtons. Il craignait qu'une caméra – la résidence en était truffée – ne signale son évasion aux deux gardes-chiourmes en blouse blanche. Avec de la chance, l'obscurité jouerait pour lui. Quant au dragon femelle, il devait encore se bâfrer dans les cuisines.

Tout se déroulait comme prévu. Il n'eut qu'à pousser

un peu rudement la poignée de la porte pour disjoindre la clenche.

La fraîcheur nocturne lui fouetta le visage. Il resserra les pans de sa veste d'aviateur doublée de peau de mouton.

Sur le devant, la fermeture Éclair avec sa tirette en cuir avait disparu depuis longtemps. Aucune importance, l'adrénaline le maintenait au chaud.

Michel traversa la grande pelouse et s'agenouilla près des fougères. Il était sous le couvert des bois de Machecoul. Il fit silence, attentif à la moindre alarme. Le vieux s'attendait à tout : à des cris suivis de pas précipités à l'intérieur, aux lampes torches dont les rayons découperaient la nuit. S'il avait eu le temps, il serait parti fureter du côté des plantations d'hortensias ; là où l'Indienne restait assise dans son fauteuil. Il l'avait observée plus d'une fois, depuis la baie vitrée du salon de jeux. Il ne la lâchait jamais des yeux, sourd aux propos des gourdasses qui débarrassaient la table du goûter. Michel Ravaud avait remarqué le comparse aux cheveux blancs qui quittait la forêt pour venir lui apporter les galets. Il avait interrogé l'Indienne sur l'origine de ces cailloux qu'elle conservait pieusement dans sa chambre. Elle bredouillait de vagues explications, racontant qu'elle dessinait elle-même les ornements à la craie. Mais lui n'était pas né de la dernière couvée. Durant la guerre, il avait vu circuler toutes sortes d'objets, comme ces mouchoirs en soie qui comportaient une grille servant à déchiffrer des messages destinés aux francs-tireurs. La sorcière devait manigancer quelque chose d'inavouable.

Pour l'heure, il ne fallait pas laisser le froid l'engourdir. Après une bonne dizaine de minutes, il fit une pause au pied d'un marronnier et sortit de sa veste le plan tout bouchonné. Il l'avait déchiré dans un vieux guide des Pays de la Loire qui trônait dans la bibliothèque. La carte routière était simplifiée, mais on retrouvait les grands axes de communication. Il était tombé dessus l'hiver dernier, lors d'une soirée loto. Michel se contrefoutait bien du jeu. Toute son attention était rivée sur l'indication qui figurait entre la D137 et l'A83, à un peu moins de cinquante kilomètres de Machecoul. C'était l'aérodrome de Montaigu-Saint-Georges : le chemin de la liberté.

Les champs étaient couverts de givre. Une vapeur blanche s'échappait de sa bouche pendant qu'il ahanait en direction de l'est. Ses godillots se prêtaient mal à cette escapade nocturne. Plus d'une fois, il manqua de glisser dans la boue. Après deux kilomètres, sa poitrine brûlait.

Le vieil homme avisa un abribus qui devait servir au ramassage scolaire, il se posa sur un banc et serra les coudes contre ses côtes.

Au bout d'un moment, ses dents se mirent à claquer. Il resta ainsi, transi. Son esprit flottait dans une demi-conscience.

Un chuintement le tira de sa léthargie.

Il leva la tête et vit le car qui stationnait sur la chaussée.

Le chauffeur le fixait, perplexe. Il ouvrit les portes et demanda à l'ancien ce qu'il faisait là. Voyant qu'il ne répondait pas et que le thermomètre du véhicule indiquait cinq degrés à l'extérieur, il le laissa grimper.

— Monsieur, vous allez où par un froid pareil ?

— Montaigu..., murmura Michel en se frottant les mains.

— Le règlement m'interdit de faire monter autre chose que des élèves, bougonna le conducteur en rajustant son béret. Mais vous allez clamser si vous restez dehors. Je peux vous lâcher aux trois quarts du chemin, à Vieillevigne. Le troquet de la place de l'Église sera ouvert. Y aura bien une âme charitable pour vous convoyer où vous voulez.

Michel Ravaud s'installa à l'arrière. Deux gosses finissaient leur nuit. En descendant, il adressa un signe au chauffeur et regarda le bus tourner au coin de la rue. Il aurait pu continuer à pied, mais il en avait encore pour une heure. Une camionnette de gendarmes pouvait à tout moment croiser sa route.

Il réussit à convaincre un maraîcher qui rejoignait Montaigu de faire un détour par le sud, jusqu'à Perrochère. Quand il fut seul, Ravaud grignota deux barquettes de fraises et reprit sa marche. L'aurore perçait sur la campagne. Dans moins d'une heure, l'infirmière de son bloc donnerait l'alerte, si ce n'était déjà fait. Il n'avait pas une minute à perdre. Comme il le faisait jadis, pour éviter les patrouilles des Fridolins, il coupa à travers champs.

Il finit par apercevoir l'aérodrome.

En longeant une ligne de petits arbustes, il fit un repérage discret des lieux. La piste était déserte. Déambulant au milieu des bâtiments, il remarqua un bureau derrière une vitre sale. À l'aide d'une pierre, il la fracassa et fit jouer le loquet en passant la main à travers les copeaux de verre.

Une fois dans le local, Michel Ravaud se mit à fouiller

frénétiquement les tiroirs ; il rassemblait toutes les clefs qu'il pouvait trouver. L'une lui permit d'accéder au hangar. À l'intérieur, l'odeur d'essence et de poussière fit grimper son excitation. L'espace d'une seconde, il n'était plus un vieillard perdu sur les routes de Vendée, mais un aviateur émérite, prêt à décoller pour une mission à l'issue incertaine.

Un ULM biplace l'attendait, recouvert d'une bâche : c'était un Skyranger peint de frais. La coloration sentait fort. Il alluma la lumière et retira la toile. La porte de l'aéronef n'était pas fermée à clef. Il prit le temps de s'installer dans l'habitacle.

Il n'avait pas volé depuis un bon demi-siècle, mais ces choses-là sont comme faire du vélo, on ne les oublie pas complètement.

Il avait lu qu'apprendre à piloter un ULM n'était pas difficile : il suffisait d'un permis de conduire et d'une quinzaine d'heures de cours. Beaucoup de manettes lui étaient familières : le poussoir de démarreur, le compte-tours, l'altimètre et les indicateurs de température.

Il tira avec peine la porte du hangar. Les rails étaient bien huilés, c'était une chance pour ses articulations.

Au-dessus des prés, des pans de brume tamisaient le jour à claire-voie.

Michel Ravaud claqua le panneau du Skyranger et se demanda où pouvait être la clef de contact. Par chance, sur le trousseau du bureau qui lui avait donné accès au bâtiment se trouvait le sésame qu'il cherchait.

En entendant le moteur tourner, la mémoire lui revint avec tant de force qu'il en eut la fièvre. Sur la vitre du biplace, le visage de la fille était soudainement apparu.

C'était la jeune opératrice de Radio-Londres ; il venait la voir dans la chambre qu'elle louait dans Southwark Borough. Le matin, elle ouvrait les fenêtres et le rire des mouettes couvrait l'agitation des dockers.

Le dimanche après-midi, ils flânaient sur Queen's Walk et faisaient des projets pour le jour où ils rentreraient en France, après la guerre.

L'ULM s'engageait lentement sur la piste. À l'extrémité, les gyrophares de la gendarmerie dressaient une ligne de frises bleutée.

Michel accéléra et le Skyranger fit un saut en avant.

Les véhicules s'étaient mis au travers du tarmac, il poussa sur la pédale. Mais l'élan lui manquait. Les roues de l'avion quittèrent le sol avant de s'encastrer dans une portière. Un bruit de métal lacéré et l'ULM bascula sur la gauche. Un bout d'aile se déchira et tout l'habitacle vint racler contre le bitume.

Le visage de son aimée était penché au-dessus de lui, beau comme au jour de leur rencontre. Il entendait la rumeur des docks et sentait l'odeur du thé.

Puis, petit à petit, la saveur se fit plus aigre, plus dérangeante. Les traits de sa valentine s'empâtèrent, sa taille s'épaissit. Alors, dans un gémissement de rage et de peur, il reconnut la figure adipeuse de Solange Louzou.

Sur le masque de cire, c'est à peine s'il distingua le sourire malfaisant.

— Où pensiez-vous aller comme ça, monsieur Ravaud ?

Michel était étendu dans son lit, aux Agapanthes. Sur

sa jambe gauche, des pansements. Sa tête bourdonnait douloureusement.

L'horrible hippopotame s'approchait de lui.

L'infirmière ne travaillait plus de nuit depuis la disparition de l'Indienne. La direction voulait l'avoir à l'œil.

Solange avait trouvé la solution pour qu'il se tienne tranquille. Quand il n'était pas sage, elle posait sa grosse masse sur ses guibolles et, si cela ne suffisait pas, elle s'allongeait sur lui jusqu'à ce qu'il suffoque.

— Tu crois que je suis sotte ? Que je n'ai pas vu clair dans ton jeu ? Ça fait des jours que tu n'avales plus tes pilules, vieux fada. Sinon, tu aurais bien été incapable de t'enfuir sur les routes. Mais cette fois, tu n'y couperas pas.

Joignant le geste à la parole, elle exhiba une seringue et chassa l'air en faisant juter la pompe.

— Maudite *Aufseherin* ! cria-t-il en sentant le derrière adipeux qui écrasait ses jambes. Pas ça, pas cette saloperie…

Sa voix déraillait. Il était redevenu un enfant.

Solange s'étendit sur lui et, dans un simulacre d'étreinte, lui enfonça profondément l'aiguille dans les fesses.

19

Le juge Rémi Pajole était en retard. Il déboula sur le pont 2 du *Nantilus*, un bâtiment flottant qui faisait office de restaurant et d'espace à louer pour les séminaires. La terrasse couverte offrait une vue superbe sur la Loire, le quai de la Fosse et l'ancien village de pêcheurs de Trentemoult.

Il n'y avait pas trop de monde, le magistrat repéra vite Samuel Vanneck qui lui faisait signe, assis devant un verre.

— Vous auriez pu passer à mon cabinet, fit Pajole en guise de préambule.

Il serra mollement la main du vice-procureur et se laissa tomber sur une chaise.

— Je me disais que c'était plus discret et plus agréable de vous rencontrer ici. Nous sommes à deux coudées du palais, la météo annonce une éclaircie pour le déjeuner.

Pajole ôta son vieil imperméable. Son nœud de cravate bâillait.

Il jeta un regard las sur le menu et commanda une salade.

— Je peux vous poser une question, monsieur le vice-procureur ?

Il rajusta le parallélisme des couverts sans lever la tête.

L'autre acquiesçait.

— Nous nous connaissons depuis longtemps, plus de dix ans. C'est la première fois que vous m'invitez au restaurant. Comme par hasard, ce jour-là, vous désirez consulter le dossier Ajita Bihar.

— J'ai le droit de vous demander de me communiquer la procédure, cela fait partie de mes prérogatives.

— Oh, bien entendu, ai-je dit le contraire ? C'est juste exceptionnel de votre part. Je vous en fais la remarque, c'est tout.

— Je voulais discuter, dans un cadre moins solennel.

— Vos bonnes manières vous honorent, grinça Pajole. Mais je sais encore lire entre les lignes.

— Alors, je serai franc. Vous n'ignorez pas que l'exécutif couve cette affaire comme le lait sur le feu. Non pas à des fins d'obstruction, comme vous semblez en être persuadé, mais pour que la page se tourne et que ceux qui ont mis des billes dans le projet de McAlister & Smith s'en sortent sans trop de bobos. Je ne fais que relayer l'analyse du procureur général. Et d'ailleurs, où est le mal ? La France manque de lits pour ses petits vieux, on ne va pas bouder l'aide des Anglais.

— Vous pourrez donner à votre hiérarchie un os à ronger : nous avons une piste sérieuse.

Vanneck se pencha en avant.

— Vraiment ?

Pajole avait le sourire du chat qui digère. Il se baissa vers sa sacoche et sortit le rapport toxicologique.

— La PJ a trouvé diverses choses, tout est dans le dossier. D'abord, l'analyse de la poudre présente dans la lettre adressée à la victime : une main étalée sur une page, vous vous souvenez ? La poussière est composée de phosphore rouge, on l'utilise pour fabriquer les allumettes.

— D'où le départ de feu ?

— Ce n'était pas la question posée à l'expert et, franchement, rien ne le démontre. Il affirme que le phosphore, lorsqu'il entre en combustion, produit une fumée mortelle : la phosphine. Point barre. J'ajouterai qu'un examen, celui des cheveux, a révélé la présence de succinylcholine : un sédatif dérivé du curare.

— Merde, elle a été droguée !

— Eh oui.

— Quoi d'autre ?

— La police scientifique a exploité un dernier scellé : le prélèvement d'un morceau de la chemise de nuit d'Ajita. Le laboratoire recherchait un accélérant et, grâce à une analyse chimique par spectroscopie infrarouge, les techniciens ont détecté la trace de méthanol, un liquide inflammable.

Wanneck se recula sur son siège.

— Seigneur…

Pajole fixa le vice-procureur sans ciller.

— Quelqu'un s'est introduit dans la chambre d'Ajita, ou bien s'y trouvait caché quand elle s'est enfermée pour dormir. Il l'a d'abord chargée au curare. Ensuite, il a attendu qu'elle ne puisse plus ni bouger ni crier. Après quoi, il l'a aspergée d'alcool et a mis le feu à ses vêtements. J'ignore comment la température a pu grimper autant, mais la vieille a parfaitement réalisé ce qui lui arrivait. Faut-il préciser que la succinylcholine n'enlève en rien la douleur ?

Wanneck resta interdit.

20

Nantes comptait six restaurants indiens. Celui de la place Canclaux était en travaux, deux autres en liquidation judiciaire : il en restait trois. Bruno décida de les visiter tous dans la matinée. Il avait agrandi le cliché fourni par la gérante de Charme & Littoral. C'était le visage de Jamak Sunsi. Un Indien septuagénaire, ce n'était pas si courant à Nantes. Bruno ne doutait pas de le retrouver rapidement. Il avait enfilé son gilet pare-balles sous son blouson. Les arrière-cuisines réservent parfois de drôles de surprises, avec leur lot de soutiers clandestins.

C'est un peu avant midi qu'il enquilla avec le dernier établissement de la liste : l'*Udaipur cantine*. Les deux précédents proposaient des menus à vingt-sept euros, dans un cadre raffiné. Là, au fond d'une impasse du quartier Beaulieu, on était plus proche du boui-boui. La porte était ouverte, le local désert.

Un jeune serveur accueillit Bruno.

Le policier commanda un plat et s'assit dans un coin. Il pouvait voir tout ce qui se passait dans la salle. Deux ouvriers mangeaient en bavardant, ils devaient venir du chantier voisin. Bruno ne prêta guère attention à ses aubergines aux épices ; ses yeux furetaient partout. Pour ne pas dévoiler son gilet pare-balles, il avait conservé son blouson. Il crevait de chaud.

Il se leva et fit mine d'aller aux toilettes. Mais c'est dans les cuisines qu'il pénétra. Il tomba sur deux personnes : une femme devant un fourneau et un gros homme, tablier sur les hanches – le patron, sans nul doute. Il zieuta Bruno, furibard.

— Interdit ! fit-il d'un signe de la main.

Bruno sortit sa carte.

Le tenancier parut coupé dans son élan. Bruno poussa son avantage.

— Vous connaissez ce gars ? dit-il en montrant l'agrandissement de l'Indien.

— Jamais vu.

— Vous n'avez même pas regardé, vous vous fichez de moi. Il se fait appeler Jamak Sunsi.

— Non, non…

Bruno balaya rapidement la cuisine. Ça semblait à peu près propre, à condition de ne pas trop s'approcher des fours.

— Vous savez où les Indiens se regroupent à Nantes ?

— Je ne fréquente pas ces gens-là. Je suis dans ce pays depuis longtemps, marié avec une Française.

Le gérant n'était pas à son aise.

Bruno n'en douta pas : il mentait.

21

La jeune femme approcha et demanda si les deux hommes avaient fini de déjeuner. Wanneck repoussa son assiette sans quitter Pajole du regard. Il attendit que la serveuse s'éloigne pour reprendre le fil.

— Vous parliez d'un suspect, de qui s'agit-il?

— Chantal Henning: une infirmière en poste à la maison de retraite. Elle est connue des archives judiciaires pour avoir volé, il y a des années, de la drogue dans une clinique. C'était de la morphine. La succinylcholine, elle, est beaucoup plus facile à trouver. Il y en a dans tous les centres médicalisés. On l'utilise en cas d'urgence, pour intuber des malades. J'ai décidé d'auditionner Jean-Charles Dupré, hier.

Wanneck se redressa.

— Pourquoi n'ai-je pas été informé?

— Rien ne m'obligeait à le faire. Il a été entendu comme simple témoin.

Wanneck fulminait.

— Mais je tenais à assister à cette entrevue! Qu'avez-vous appris?

Pajole fit un résumé de la carrière de Chantal Henning, de son parcours semé d'enfants morts, au gré des mutations.

— Vous pensez que cette infirmière est une espèce de… tueuse en série !

— La chose s'est déjà vue. Prenez cette Américaine, Genene Jones ; elle a été condamnée à près d'un siècle d'emprisonnement pour avoir assassiné par injection de drogue des dizaines de gosses. Les journaux la baptisèrent l'« ange de la mort ».

— Mais quel genre de preuve avez-vous ?

— Aucune. Je trouve juste dérangeant qu'une familière des narcotiques avoisine un cadavre shooté jusqu'à la moelle.

— Il vous faudra beaucoup plus que ça pour la mettre en examen.

— Vous croyez que je l'ignore, monsieur le vice-procureur ? Dans le contexte politique que vous m'avez très obligeamment rappelé… Mais il y a une chose que je ne vous ai pas dite.

Wanneck se passa une main dans les cheveux ; cette discussion avait pris une tournure insoupçonnée.

Pajole abattit sa dernière carte.

— J'ai questionné Dupré sur l'existence d'une réserve de psychotropes aux Agapanthes. Il y en a bien une dans le bureau du gériatre, Félix Gardon. C'est lui qu'une des infirmières a surpris la nuit du meurtre, garé devant la maison de retraite. Il embrassait à pleine bouche Chantal Henning. Pourtant, aucun des deux n'était de garde. Mme Henning a-t-elle convaincu son amant de lui donner accès au stock de stupéfiants ? A-t-elle pris la clef à son insu ? Cela fait beaucoup d'interrogations. Je veux des réponses.

— C'est grotesque, enfin, excusez-moi. Vous imaginez

la fille foutre le feu et ensuite, tranquillement, se faire bécoter à deux pas de là !

— Nous ne sommes qu'au début de cette enquête, tout est possible. Je dois entendre Félix Gardon.

— Et après, vous allez souhaiter sa mise en examen ? C'est une obsession, chez vous. L'homme n'est pas étranger au club « Fondement », figurez-vous. Il en est le premier secrétaire !

— Vous êtes très au fait du financement de la vie politique, cher confrère.

— Je vous mets en garde, c'est tout.

Pajole sembla se replier sur lui-même.

Pour se donner une contenance, Wanneck prit une cuillère et tapota contre sa tasse de café.

— Si vous réclamez une poursuite, le parquet général fera obstacle. Vous serez fragilisé. La prudence vous…

— Voilà ce que je vous propose : je convoque Gardon, vous suivez l'audition. Si ses réponses sont cohérentes, je le laisse repartir. J'entendrai dans la foulée Chantal Henning, qui viendra avec son avocat. À l'issue, nous discuterons de ce qu'il convient de faire. Ne suis-je pas magnanime ?

22

Isabelle trouva les mains de sa mère glacées : elle rajusta le chandail sur ses épaules. Après leur promenade au milieu du jardin, elle la raccompagna dans sa chambre et fit bouillir de l'eau. C'est en cherchant parmi les sachets de thé qu'elle remarqua une boîte. Elle contenait du « Bouddha bleu », une préparation agrémentée de pétales de bleuet.

— Maman, qui t'a donné ça ? fit-elle en désignant la caissette.

— Quelle question, Ajita, bien sûr.

— Vous étiez amies ?

— Elle était très gentille, je l'ai invitée à venir prendre le thé chez moi, plusieurs fois.

— Tu veux dire, ici ?

Claire Mayet la contempla avec indulgence.

— Évidemment. Pas à Rezé. Mon pauvre Louis n'aime pas que je reçoive des visites.

Après un court instant, Claire attrapa le bras de sa fille et la fixa d'un regard pénétrant, de ceux qui attendent une réponse franche.

— On m'a raconté que Louis s'en est allé. C'est vrai ?

Sa mère lui faisait le coup régulièrement, elle ne s'y habituait pas.

— Maman, papa est mort il y a longtemps. Il est au ciel maintenant, tu ne te rappelles pas ?

Elle acquiesça sans conviction.

Isabelle n'en rajouta pas sur le compte de l'Indienne ; inutile que Claire se croie entourée de fantômes. Même si, dans son état, c'était la pure vérité.

Claire Mayet n'avait plus que sa fille, le dernier lien qui la reliait à ce qu'avait été sa vie, avant que la maladie ne vienne tout fendiller.

Dans le quart d'heure qui suivit, l'esprit de la vieille institutrice partit en vrille. Ses propos n'avaient plus ni queue ni tête. Elle avait besoin de se reposer.

Au moment où Isabelle sortait, Claire lui lança : « Je n'ai pas trouvé Michel dans sa chambre, je m'inquiète. »

— Je vais demander à une infirmière, ne t'en fais pas.

Elle en trouva une qui remplissait un chariot de médicaments dans le couloir. Elle était de dos, accroupie, sa tête disparaissait derrière une pile de linge.

— Bonjour, je cherche un résident : M. Ravaud.

— Il a pris froid, il se repose, fit l'autre sans lever la tête.

— On m'a dit qu'il n'est pas dans sa chambre et…

— Vous êtes de la famille ?

L'infirmière avait tourné la tête, c'était Solange Louzou.

Elle affichait toujours son air bourru et son physique de catcheuse empâtée.

Isabelle plissa les yeux et sa voix se fit plus autoritaire.

— Répondez à ma question.

— La santé des pensionnés est protégée par le secret médical…

— Où est Michel Ravaud ?

En se redressant, elle lissa le bas de sa robe avec ses grosses mains.

Isabelle la trouva plus grande que dans son souvenir. Au commissariat, durant l'audition, elle était en terrain inconnu. Mais aux Agapanthes, son territoire, elle occupait toute sa place et semblait avoir gagné en assurance.

Elle croisa les bras et dit, sans se démonter :

— La nuit dernière, il a connu un nouvel épisode délirant. Nous avons dû le mettre en unité de soins, dans une autre aile du bâtiment.

Devant la déception d'Isabelle, Solange ajouta, avec une pointe de compassion qui semblait feinte :

— Il est désormais sous traitement neuroleptique. Je crains que le pauvre homme ne vous soit d'aucune utilité.

*

Le commissaire Jacques Donnadieu soupira en posant son plateau devant le rôtisseur.

— À part steak frites, vous n'avez rien d'autre ?

— Il fallait venir plus tôt, monsieur, après le rush de 12 h 30, il ne reste plus que ça.

Charolle préféra opter pour une pizza au thon trop cuite. En s'asseyant près d'une plante verte, Donnadieu grommela : il avait oublié le pain.

— Tu as des nouvelles d'Hugo ? demanda le taulier en prenant la carafe d'eau.

— Sa cheville ne lui fait plus mal, on devrait le revoir gambader d'ici une semaine. Autrement, j'ai du neuf sur le flingue trouvé dans le manoir.

— Qu'est-ce que ça donne ? fit Donnadieu en attaquant sa rangée de tomates mozzarella.

— À Rennes, le labo a procédé à la restructuration du numéro de série. Quelqu'un l'avait limé, mais, grâce à nos chimistes en herbe, une solution de sels de cuivre et d'acide chlorhydrique a permis de retrouver les caractères effacés.

— Fais court, on avance ou pas ?

— Le revolver n'a pas été déclaré à la préfecture. Il s'agit d'un « 9 mm Police » de confection chinoise. D'ailleurs, le logo à demi érodé près de la crosse est celui du ministère de la Sécurité publique : la police des Cantonais.

— C'est facile à se procurer, un truc pareil ?

— On dégote bien de la kalach partout dans les cités, alors du 9 mm fillette, ça ne doit pas être sorcier. N'empêche, qu'est-ce qu'elle trafiquait, Ajita ? Son exécution sent le règlement de comptes à plein nez.

— Drogue ?

— Ça, ou autre chose : la perquisition du manoir a fait chou blanc. Il nous reste la photo de Jamak Sunsi, le second violon qui discutait avec l'agence immobilière. Je l'ai diffusée auprès de la BAC, de la police aux frontières[1] et des patrouilleurs. On a sollicité les bailleurs sociaux pour qu'ils nous rapportent toutes les demandes de logement se rapprochant du profil de l'Indien.

Donnadieu coupa un morceau de pain et se mit à éponger sa sauce.

— Et du côté de la maison de retraite, ça donne quoi, cette affaire de curare ?

1. De l'aéroport de Nantes.

— Le médecin et sa petite amie passent au tourniquet dans le cabinet du juge, cet après-midi. Franchement, celle-là, compte tenu de ses antécédents et du contexte, c'est notre meilleure piste.

23

— Très bien, monsieur le juge d'instruction. Bonne journée.

Le lieutenant Farge raccrocha, dépité. Pajole venait de rejeter sa demande. L'officier lui avait proposé de s'adresser à l'opérateur et de réclamer les factures téléphoniques détaillées du portable de Jamak Sunsi. Le but : connaître l'inventaire de toutes les communications passées à partir du mobile ; le moyen idéal pour déceler un réseau mafieux. Car tout le laissait supposer, du revolver aux faux documents.

Hélas, Pajole en avait après Gardon et sa belle. Les autres pistes étaient reléguées au second plan, et celle des restaurants indiens, déjà froide. Pourtant, son flair lui disait que le gérant de l'Udaipur cachait quelque chose.

Il reprit son combiné et joignit une relation à la Direction départementale de la protection des populations, le service qui surveillait les bouis-bouis. Bruno voulait savoir si l'Udaipur avait été contrôlé récemment. La réponse était non. Il garda cette information dans sa manche. Brandir la menace d'une inspection lui permettrait peut-être de délier la langue du proprio.

*

Face au marché de Talensac, le bistrotier déposa sur la table deux bavettes à l'échalote. Bruno commanda une pression pour lui et Veluska. Elle avait dénoué sa natte pour masquer le bleu qui tamponnait sa tempe gauche.

— Qui t'a fait ça ?

— J'ai glissé sur le trottoir.

— Tu tapines en baskets, ne te fous pas de ma gueule. Les talons aiguilles, c'est bon pour les Nigérianes. Tu n'as pas besoin d'artifices pour attirer le chaland.

— J'ai pris une rouste, ça te va ? On peut passer à autre chose ?

— T'as plus de mac, alors qui peut bien te dérouiller, un client ? Dis, tu penses à relever les plaques avant de monter ?

— J'ai pas envie d'en parler.

— Bien sûr que si, sinon pourquoi m'avoir appelé ? Accouche, Veluska, merde. Depuis le temps, tu peux me faire confiance.

— C'est un Noir. Il travaille pour le Scorpion. Depuis quelques mois, le Serbe l'a chargé de surveiller les filles qui font le trottoir, du quai de la Fosse à Paul-Bellamy. Il lui rapporte leurs moindres faits et gestes. Hier, dans mon coin, un jeune trans a débarqué. Il venait de Paris, il était en galère. Comme on ne vise pas la même clientèle, je l'ai laissé bosser sur le bas-côté. Mais le Noir, il l'a repéré vite fait. Il a commencé à le frapper. Je lui ai dit d'arrêter et, pour ma peine, j'ai ramassé un gnon. Ça m'apprendra.

Bruno soupira.

— Je ne te demande pas si tu veux porter plainte ?

— Pour me faire égorger le lendemain, non merci !

Elle continua d'engloutir sa viande et ses frites.

— Tu pourrais me rendre un service ?

Veluska releva la tête.

— T'es con de demander. Depuis le temps, tu sais pas que je ferais n'importe quoi pour toi, chéri ?

— Ne m'appelle pas comme ça, j'aime pas.

— Oui, papa.

— Tu as gardé des rapports avec les autres filles ?

— Les Blacks ? Sûrement pas, je ne veux pas d'embrouilles avec le Scorpion. Mais j'en connais quelques-unes qui font hôtesses, dans les bars du quai de la Fosse.

Bruno posa à côté de la salière le portrait de Jamak Sunsi.

— Un Indien, dans les soixante-dix balais, qui se balade dans Nantes. Ça doit détonner dans le paysage. Tu peux te rencarder auprès des copines ?

La pluie commença à tomber.

— Tu n'as pas de parapluie ? Tu vas être trempée, fit-il en la regardant, avec son jean moulant et son chandail fleur de pêcher. Laisse-moi te raccompagner. Où tu crèches, en ce moment ?

— J'ai un studio à Beaulieu. Au sixième étage, avec un ascenseur qui marche quand ça lui chante.

— C'est pour ça que tes jambes sont galbées, tu fais de l'exercice.

Veluska pouffa.

— Pas question qu'on me remarque sortant de ta bagnole ; ça fait longtemps que les minots connaissent les plaques de vos caisses. Ils me foutent la paix, j'aimerais que ça dure.

— Je te lâcherai un peu avant.

— Laisse tomber, t'as qu'à me filer une pièce pour payer le tram.

Pendant qu'il fouillait dans son portefeuille, elle le détailla.

— Et puis, je me dis qu'en voiture, avec toi à mes côtés, je suis fichue de te mettre la main au paquet.

— Peut-être que ça me plairait.

— T'es seul, en ce moment ?

— Ça se voit tant que ça ?

— Si t'as envie…

Il lui tendit dix euros.

— Sauve-toi vite, Veluska. Avant qu'on fasse des bêtises.

24

Le juge Rémi Pajole rajusta son nœud de cravate. Il s'était levé tôt et avait pris la peine de repasser sa chemise ; un fait rare. La plupart du temps, il la laissait sécher sur un cintre.

Samuel Vanneck l'avait rejoint vers 14 heures, avant que n'arrive Félix Gardon.

Le parquetier était tendu.

— Il va falloir manœuvrer en douceur. S'il se braque, qui l'empêchera de quitter le cabinet ?

— Personne, souffla Pajole. Mais pour moi, Gardon n'est qu'une mise en bouche, c'est sa maîtresse qui m'intéresse : la très singulière Chantal Henning.

Gardon vint seul. Il portait un costume sombre, sans cravate. Inquiète, la greffière fixait Pajole. Elle jaugeait sa prestance face au médecin qui comptait ses entrées dans le premier cercle du pouvoir. Le juge ne payait pas de mine, avec ses airs de colporteur en bout de course, qu'on imaginait sillonner les routes de Bretagne, des fanfreluches plein les valises. Pourtant, cette désinvolture apparente, sa façon brouillonne de résumer les affaires cachaient un procédurier hors pair. Le bretteur aimait mettre à l'aise ses suspects pour mieux les confondre. Il jubilait en pointant leurs incohérences, dévoilant leurs grossiers mensonges.

— Docteur Gardon, j'ai quelques questions à vous poser.

— Je suis à votre disposition, monsieur le juge. Mais des patients m'attendent. Je vous prie de faire vite.

— Alors je vais être bref. La nuit du crime, que faisiez-vous sur le parking des Agapanthes ? Vous n'étiez pas de garde.

Gardon se raidit, imperceptiblement.

— J'ai quitté mon service la veille, à 19 heures. Mais ce faisant, j'ai oublié ma sacoche. J'ai souhaité la récupérer.

— Vous habitez La Plaine-sur-Mer, ce n'est pas à côté de Machecoul. Qu'y avait-il de si précieux dans cette mallette ?

— Mes clefs de maison.

Pajole resta pensif une seconde, puis farfouilla dans le dossier d'instruction.

— La caméra du parc de stationnement a enregistré l'arrivée de votre voiture, une BMW, un peu avant 5 heures du matin. Vous avez mis beaucoup de temps pour réaliser votre oubli.

— Je suis sorti au restaurant, puis j'ai pris un verre en ville.

— À Pornic ?

— Oui.

— Les établissements ferment à 1 heure. Qu'avez-vous fait ensuite ?

— Je n'ai rien à voir avec la mort de cette pauvre dame.

— Personne ne vous accuse, docteur. Répondez à mes questions.

Gardon croisa les jambes et recula le buste.

— J'étais chez une femme.

— Chantal Henning ?

— Absolument.

— À son domicile de Pornic, rue du Canal ?

Il approuva.

— Pourquoi était-elle avec vous sur le parking ?

— En tant que chef d'équipe, elle a un badge qui lui permet d'entrer nuitamment aux Agapanthes. Je ne souhaitais pas attirer l'attention du personnel de garde, avec qui j'ai un contentieux depuis des mois. L'une des employées est déléguée syndicale, c'est dur.

— Vous ne vouliez rien leur demander, c'est cela ?

— Absolument.

— Mais, tout de même, je ne m'explique pas une chose, docteur : pourquoi Mlle Henning vous a-t-elle suivi en pleine nuit ? Vous auriez pu lui rendre son passe à votre retour.

— J'étais de service le lendemain, je devais récupérer ma sacoche. Chantal m'a proposé de venir. Nous avions très agréablement commencé la soirée et ne voulions plus nous quitter.

— D'où vos ébats dans la BMW. Qui parlait de se faire discret ?

Wanneck devenait de plus en plus nerveux.

— Je ne pouvais prévoir que l'une de ces gourdasses sorte et m'aperçoive ! J'ai joué de malchance, se défendit Gardon.

Le juge observa du coin de l'œil sa greffière ; depuis toutes ces années qu'ils travaillaient ensemble, leur duo tournait comme une horloge. Il savait quand il devait marquer une pause pour lui donner le temps de retranscrire l'intégralité des réponses du médecin.

— Il y a un autre point qu'il me faut éclaircir, je compte sur votre franchise.

En disant cela, Pajole reprit la déposition de Jean-Charles Dupré.

— Votre employeur m'a informé que vous étiez, dans tout l'établissement, le seul à posséder la clef d'une armoire contenant toute une variété de substances à usage médical. Vous confirmez ?

— En effet.

— Plusieurs jours avant le meurtre d'Ajita Bihar, deux flacons de succinylcholine se sont volatilisés : ils n'étaient plus dedans.

— C'est moi qui ai signalé cette disparition.

— Pas d'effraction, n'est-ce pas ?

— Hum, non.

— Par quel prodige a-t-on pu l'ouvrir ? Une copie des clefs ?

— Je me pose la question.

Le médecin avait perdu de sa superbe.

— Est-ce vous qui avez utilisé cette drogue ?

— Absolument pas.

— L'avez-vous donnée à votre maîtresse, Chantal Henning ?

— Pourquoi dites-vous cela ?

— Elle a une relation plutôt spéciale avec les psychotropes, sa carrière en a pâti. Elle ne vous l'a pas confié ? Étrange, vous qui êtes si proches.

— Je n'aime pas votre ton, monsieur le juge !

Gardon s'était levé.

— Tant que vous êtes debout, pourriez-vous enlever vos souliers, s'il vous plaît ?

— Vous plaisantez ?

Pajole lui jeta un regard froid. Sans un mot, il attrapa une photo dans le dossier et la montra au témoin. C'était un plan du visage carbonisé de l'Indienne.

Gardon détourna la tête.

— Vous pensez que nous sommes en train de nous amuser ? Déchaussez-vous !

Wanneck se leva à son tour.

— Mais enfin, à quoi tout cela rime-t-il ?

Pajole croisa les bras et prit appui sur son bureau sans quitter le médecin des yeux.

— Si vous aviez lu attentivement les P.-V. de constatation, monsieur le vice-procureur, vous auriez vu que les enquêteurs ont relevé une empreinte de pas à côté du lit du macchabée. Une marque de tennis Nike, de taille 41. Aussi, je souhaite connaître la pointure du docteur Gardon.

Wanneck était ulcéré, Gardon livide. Il ôta maladroitement sa godasse droite et la posa sur la liasse des P.-V.

Pajole la saisit et la retourna.

Wanneck s'était approché pour regarder.

Le médecin portait du 45.

25

Au rayon surgelés, Bruno jaugea les deux marques de pizza et opta pour la moins chère. Il voulait expédier ses courses au plus vite. Il se dirigeait vers les caisses lorsqu'un gamin se mit à crier. Il s'ensuivit une violente dispute avec, probablement, sa mère. L'instant d'après, un fracas de verre brisé déchira l'espace. En tête de gondole, une pyramide de sodas s'était effondrée. Le sol était couvert de tessons. Il aperçut tout de suite la liqueur rouge qui se mêlait aux fluides sucrés. Le gosse ne poussa aucun hurlement. Il fixait, hagard, le sang qui s'échappait en saccades de son bras. La femme était désemparée, ses pleurs rajoutaient à la confusion. Sans réfléchir, le policier bondit vers l'enfant et le coucha par terre, indifférent aux éclats qui risquaient de lui lacérer le dos. Il pressa sa main sur l'artère radiale. Contre sa paume, le liquide chaud et visqueux sourdait de la plaie. Il cria à la mère d'aller chercher un responsable et de revenir avec une trousse de premiers soins. Tout son poids pesait contre le petit membre et, malgré la douleur que ressentait le mioche, il fut soulagé de voir le sang arrêter de couler. Quand le directeur du supermarché accourut, Bruno fit ouvrir un coussin hémostatique et l'appliqua rapidement sur la coupure. Il entoura le tout et serra fort.

Il était couvert de sang, le gamin et sa mère pleuraient.

Les choses étaient sous contrôle.

Les pompiers installèrent le garçon sur une civière à l'intérieur du véhicule de secours. Ils parlèrent d'une perfusion et la maman ne fut pas autorisée à entrer. Elle devait les rejoindre au CHU.

Elle cria qu'elle n'avait pas d'automobile et qu'elle ne voulait pas abandonner son gosse.

Bruno se tenait en retrait. Ses semelles enduites de sirop collaient au sol.

Au fil des minutes, il s'était désintéressé du blessé pour se focaliser sur sa mère. Il se rappelait l'avoir aperçue à Waldeck quelques jours plus tôt.

— Je peux vous emmener.

Elle ne l'entendait pas. Tout en elle était braqué sur son fils et sur les portes du fourgon qui se refermaient.

Bruno la prit par l'épaule.

— Montez dans ma voiture, on va à l'hôpital.

En mettant le contact, il se tourna vers elle.

— Ne vous inquiétez pas, il est entre de bonnes mains.

Elle hocha la tête.

— Comment faites-vous pour les courses si vous n'avez pas d'auto ?

— J'ai un siège enfant sur mon vélo… Merci de votre aide.

En dépassant le pont Anne-de-Bretagne, il ne put s'empêcher de la regarder encore.

— Vous habitez dans le quartier ?

— Sur la butte Sainte-Anne.

— Moi, c'est Canclaux. On est voisins, alors ?

— Je ne me souviens pas de vous avoir croisé.

— Je suis un type plutôt effacé.

— Vraiment ? Je n'aurais pas dit ça.

— Moi, en revanche, je vous connais : vous étiez à l'hôtel de police l'autre jour.

Son visage se rembrunit.

— Des problèmes ?

Elle fixait ses mains, tachées du sang de son fils. Les larmes coulaient sur ses joues.

Bruno se sentit un peu honteux. La détresse de cette mère le touchait.

— Ils vont suturer la plaie, pratiquer une perfusion et votre fils sera debout d'ici peu. Vous savez, je suis flic, j'en vois, des types amochés, les urgentistes font des miracles.

Pour se donner une contenance – ou trouver un dérivatif –, elle farfouilla dans son sac. Il remarqua un briquet.

— Vous voulez en griller une ? J'ai un paquet de cigarettes dans la boîte à gants.

Elle le remercia, ouvrit le compartiment et sortit deux filtres. Bruno lui offrit du feu.

— Je m'appelle Bruno.

— Moi, c'est Marianne.

Elle hocha la tête, fataliste.

— Je m'étais juré d'arrêter, avoua-t-elle en soufflant un panache de fumée. C'est à cause de mon ex-mari, la séparation…

Un silence.

Elle réalisa que l'homme qui conduisait n'était pas n'importe qui. C'était un inconnu, mais cet inconnu venait de sauver son fils.

— Il n'accepte pas le divorce. C'est pour ça que je suis passée au commissariat remplir une main courante.

— Il vous fait des misères ?

— Georges a besoin d'argent, c'est un *poker addict*. Il a réussi à couler sa boîte en moins d'un an : tout son fric a filé dans les dettes de jeu. Cette déchéance, je ne l'ai pas supportée. Quand je pense à tous les efforts qu'il avait consentis pour monter son entreprise, une PME dans l'aéronautique qui marchait bien. Quel gâchis !

— Vous avez des proches, des parents pour vous épauler ?

— Mon père est mort il y a dix ans, ma mère habite à Lannion. Ce n'est pas à côté. Elle n'aime pas conduire et le train, pour elle, c'est toute une aventure.

Bruno la déposa devant la porte des urgences et partit se garer plus loin.

Quand il revint dans le hall, elle avait déjà rejoint son fils au service pédiatrique.

Il prit un surgeon que dégorgeait le distributeur automatique et s'avachit sur un siège. Des heures passèrent, il somnolait. De temps en temps, des cris rauques retentissaient : une dispute entre clochards ou un illuminé que les flics avaient ramassé dans la rue.

Une main le tira de son demi-sommeil.

La femme serrait l'enfant contre elle. Il était livide, son bras était entouré d'un bandage croisé.

— Ils m'ont autorisé à ramener Bastien à la maison.

— C'est bien, dit-il en sortant de sa torpeur.

Il bâilla en s'étirant. Elle se tenait devant lui ; elle semblait épuisée.

— Je vais vous ramener chez vous.

Les lumières de la ville glissaient sur le pare-brise. Certaines recouvraient le visage de Marianne, bercée par la route. Derrière, Bastien dormait aussi.

Quelque chose de paisible s'était installé dans la voiture ; toute la tension qui avait jailli dans les allées du supermarché avait disparu.

L'immeuble devait offrir, à l'étage, une belle perspective sur la Loire. Marianne tenait son fils, tout pâlot, dans ses bras.

En faisant mine de chercher ses clefs, elle réfléchissait. Finalement, elle retourna vers l'auto en double file.

— Et si vous passiez dîner, un soir ?

Bruno se sentit pris de court.

— D'accord.

— Vous avez un numéro pour vous joindre ?

Il lui donna une carte de visite du bureau.

— « Brigade criminelle » ? Waouh, ça le fait.

Il sourit et lui dit qu'elle devrait se hâter de coucher le petit.

En redescendant vers le quai de la Fosse, il vit plusieurs Nigérianes en minijupes qui prenaient place pour la nuit. Il les dévisagea à peine. Plus loin, une blonde attira son attention, il se gara à côté d'elle.

Comme il baissait la vitre, la fille s'approcha en ondulant des hanches.

— Merde, c'est toi, Bruno ! fit Veluska.

— Ce n'est pas ton secteur, t'es malade ! Tu veux que le Serbe te rectifie le portrait ?

— C'est pas ma faute si tous les clients se concentrent par ici ! De toute façon, j'ai mon compte.

— Alors, monte, je te ramène chez toi. Tu fais chier, Veluska, j'ai pas envie de te repêcher dans la Loire.

Elle claqua la portière.

— Pour te payer la course, j'ai une info.

— Accouche.

— Vous, les keufs, vous n'êtes pas les seuls à chercher le vieil Indien.

— Jamak Sunsi ?

— Je ne sais pas si c'est lui. En tout cas, il y a quinze jours, le Noir qui bosse pour le Scorpion est venu interroger plusieurs filles. Il en avait après lui.

En sortant de la bagnole, elle fixa Bruno.

— T'as les yeux qui brillent, on dirait : tu ne serais pas amoureux ?

— Dis donc, tu es perspicace pour une pute.

— Elle s'appelle comment, la veinarde ?

— Occupe-toi de tes oignons, et sois prudente.

— Toi aussi, fais gaffe. Monsieur le cœur tendre…

Bruno allait regagner son domicile quand il reçut un SMS. C'était Fabrice Gautier, le légiste du CHU.

— Rejoins-moi au sous-sol, j'ai du neuf pour ton enquête.

Bruno soupira.

Contrairement aux apparences, ce n'était pas du tout une bonne nouvelle.

26

Les déclarations de Chantal Henning n'apportèrent aucune pierre à l'édifice du juge. Elle niait farouchement s'être procuré de la succinylcholine, directement ou par l'intermédiaire de son gériatre d'amant. Interrogée hors la présence de Gardon, elle confirma leur emploi du temps. Si c'était un mensonge, ils avaient parfaitement accordé leurs violons.

Wanneck fixait l'infirmière, elle ne ressemblait pas à une psychopathe. Mais il savait qu'un tueur organisé peut prendre les traits d'une âme bonhomme.

Après une heure d'audition, Pajole laissa filer le témoin. Il serra la main molle de l'avocat et attendit qu'ils soient partis pour se tourner vers son confrère.

— Cette histoire de drogue ne me plaît pas. On ne dérobe pas un dérivé du curare sans une bonne raison. La logique voudrait qu'on perquisitionne immédiatement le domicile de Henning. Qu'en pensez-vous, monsieur le vice-procureur ?

Il leva un sourcil tout en croisant les bras.

— Vous n'avez pas répondu à la question fondamentale : quel est le mobile du meurtre. Je crois que nous perdons tous notre temps.

— Je ne dis pas le contraire.

— À votre place, je renoncerais.

Pajole réfléchit.

— J'ordonne la perquisition. Nous débarquerons demain matin à Pornic.

27

Rue Kervégan, les pavés séparaient les alignements des demeures bourgeoises, témoignage de l'épopée du commerce maritime nantais et de la traite négrière. Au bas d'une élégante façade du XVIIIe siècle, la porte rouge se faisait discrète. Farge sonna à contrecœur.

Le Chasme était probablement l'endroit le plus branché de toute l'agglomération. Tout à la fois épicerie-boulangerie et restaurant bio, l'adresse proposait aux initiés un club en sous-sol avec bar. La sono y rugissait une musique électro à réveiller les morts.

À l'image de la *Farm Shop* de Londres, sur Dalston Lane, les légumes et le poisson de la carte provenaient tous d'une ferme aquaponique. Des bassins, installés comme de simples aquariums, étaient conçus pour que les déchets des poiscailles servent d'engrais et alimentent des cultures à l'étage. Avant d'atteindre les serres, les fluides chargés de déjections passaient par un réseau de canalisations compliquées. Les tuyaux étaient transparents et visibles depuis la piste de danse. Toute la discothèque était décorée de façon dérangeante : des composants inspirés des illustrations de Hans Ruedi Giger, le démiurge d'*Alien*, mêlaient clair-obscur et enchevêtrements biologiques. Des amas de chairs frelatées, des viscères noirs couraient sur les murs comme du lierre. Entourés d'une neige carbonique qu'ils foulaient du pied, les danseurs se déhanchaient au centre de ce lacis vorace. Le jeu consistait à deviner des sexes en érection, dissimulés dans les parois xénomorphes et les coulis de lave pétrifiée. C'était ceux d'adonis s'accouplant avec d'improbables créatures.

Bruno détestait cet endroit. Fabrice Gautier le savait, mais il avait jeté les bases de cette amusette des années auparavant. Chaque fois qu'il souhaitait lui filer des éléments utiles à une de ses enquêtes, en dehors des rapports d'autopsie, il l'invitait à le rejoindre dans la fosse du *Chasme*. Il avait fallu qu'une fois Bruno commente le physique avantageux d'un jeune homme pour que Fabrice en conclue que l'officier était un bi qui s'ignorait. Faire accoucher cette nature refoulée était devenu son but avoué, un apostolat.

Au début, Bruno prit la chose sur le ton de l'humour, mais, à la longue, ses immersions dans l'underground homo le lassèrent. Très vite, il avait mis une limite : jamais de saunas. Déambuler dans les allées moites, une serviette autour de la taille, très peu pour lui.

Aucun de ses collègues ne connaissait ce petit jeu, fort heureusement. Et s'il n'y avait pas eu cette forme d'excellence professionnelle qui se dégageait de Gautier, il ne lui aurait jamais passé une telle facétie.

Il trouva le légiste accoudé au bar de la fosse. Une fumée blanche flottait au ras du sol. L'air était lourd de sueur.

Gautier devisait avec un grand métis. Voyant Bruno, il lui fit signe, le regard embrumé par l'alcool.

— Je savais que tu viendrais, *amigo*.

— Qu'est-ce que tu as à me dire ?

Fabrice prit congé du jeune homme

Le légiste passa une autre commande. Bruno prit sa margarita.

— Cette histoire de combustion spontanée. Ça me turlupine depuis des jours. Mais j'ai le fin mot de l'affaire.

— Je t'écoute.

— J'ai fait des recherches et je suis tombé sur un article du *Journal of Forensic Sciences* qui date de septembre 2011. J'aimerais te proposer une expérience.

— Si c'est strictement d'ordre professionnel, tu as toute mon attention.

Fabrice posa un billet sur le comptoir et salua le barman.

— Pas ici, voyons. Allons au bureau.

— Au bureau ?

— Oui, à la morgue.

Ils étaient venus à pied depuis la rue Kervégan. Les pavetons luisaient sous la pluie. L'air frais dégrisa Fabrice. Au sous-sol du CHU, les néons s'allumèrent les uns après les autres. Il n'y avait pas âme qui vive. La démarche du médecin était vasouillarde.

— Tu penses être en état ? demanda Bruno.

— T'inquiète, j'ai tout préparé.

Fabrice enfila une blouse propre. Sous les tubes d'éclairage, la lumière détourait sa silhouette d'un blanc immaculé.

Il se dirigea vers une armoire et sortit une forme entourée d'un chiffon; il la déposa négligemment sur la table en inox. Elle émit un bruit flasque.

— Qu'est-ce que c'est, une tête? demanda Bruno, vaguement dégoûté.

Pour seule réponse, le légiste retira le tissu. Une odeur rance de viande marinée leur sauta à la gorge.

— Oh, putain! fit le lieutenant en reculant. Qu'est-ce que c'est que cette horreur?

— Une broche à kebab. Un peu avariée, je te l'accorde. Je l'ai récupérée dans un resto grec du quartier Bouffay.

— Tu as fait les poubelles?

— Exactement.

— Seigneur… tu es complètement givré.

— Je vais te démontrer que la carbonisation d'Ajita Bihar ne relève pas d'un phénomène spontané quelconque, mais d'un simple «effet chandelle». Je m'explique: la bidoche de veau empalée sur la tige évoque les chairs de la vieille. Le linge autour, c'est sa robe de chambre. Tu me suis?

— C'est limpide, je dirais même «lipide»!

— Bien. Tu m'as dit qu'on a retrouvé du méthanol sur la défunte? Alors, regarde bien.

Fabrice prit un flacon d'accélérant et vida son contenu sur le torchon. Ensuite, il sortit un briquet de sa poche et mit le feu au chiffon. Une belle langue jaune crépita une seconde avant de courir le long du sèche-mains.

— Voici Ajita qui brûle. Le degré de chaleur n'est pas exceptionnel. Mais attendons de voir.

Au bout de quelques minutes, des craquements secs se produisirent et le graillon commença à fondre.

— Note le lard qui se liquéfie : il va servir de combustible et entretenir le feu. Le torchon fera office de mèche, comme pour une bougie !

— C'est ce qui s'est passé à la maison de retraite ?

— Mais oui ! À une certaine température, les vêtements crament la peau qui se fendille, libérant la graisse sous-cutanée. La flambée se poursuit à partir des corps gras. Au bout du bout, la robe de chambre – la mèche – a disparu. Voilà l'origine du mystère.

— Mais il demeure une énigme : comment expliquer que certaines parties du cadavre soient restées intactes ; je pense à l'avant-bras ou au sommet du crâne.

— Regarde le segment qui a grillé, répondit Fabrice. La combustion s'arrête là où finit la toile. Au-delà, plus de mèche : le feu ne prend pas.

— Tu pourrais me coucher tout ça par écrit ?

— Si tu veux. Ajita n'a pas du tout brûlé de l'intérieur : on l'a immolée.

28

Chantal Henning serra la ceinture de son peignoir. Les policiers fouillaient partout. Dans sa chambre, les tiroirs des commodes étaient renversés sur le lit. Sa bibliothèque faisait peine à voir, les livres gisaient en tas au pied des étagères.

Charolle marchait fébrilement d'une pièce à l'autre, Wanneck et l'infirmière sur les talons.

— Vous allez me dire ce que vous cherchez, à la fin ? gémit-elle.

— Les flacons de succinylcholine qu'on a dérobés dans l'armoire de votre amant, où sont-ils ?

— Je n'ai jamais touché à ce produit, je le jure.

Pajole désigna la salle de bains à deux gardiens de la paix.

— Passez-moi tout ça au peigne fin.

Deux heures s'étaient écoulées, les enquêteurs n'avaient rien trouvé.

On fit rentrer le chien de la brigade cynophile dans sa fourgonnette, la bête était aussi dépitée que son maître.

Rue du Canal, Pajole regardait la façade de la maison. Ses bras osseux pendaient le long de son corps, la pluie dégoulinait sur sa tête. Elle dessinait des taches brunes sur son imperméable.

Le parquetier traça droit vers lui.

— Pas de mobile, pas de drogue. (Sa voix était sèche.) Quant au profil, il ne correspond ni à une infanticide ni à un Harold Shipman[1] en jupe ! Ne le prenez pas comme une immixtion dans votre instruction, mais je vous suggère d'élargir Henning et Gardon.

Pajole ne répondit rien. Il fixait l'eau qui ruisselait sur la chaussée.

— Vous avez peut-être raison. Mais cette drogue, qui l'a prise, alors ?

Le ton du procureur s'était adouci.

— Il ne faut pas confondre ténacité et aveuglement, monsieur Pajole.

Wanneck s'éloigna.

Le magistrat resta longtemps sous l'averse. Puis, lentement, il sortit son mobile et composa un numéro.

— Lieutenant Farge ? Pajole. Je voulais savoir, votre demande de facturation détaillée sur le portable de Jamak Sunsi, c'est toujours d'actualité ?

---

1. Médecin et tueur en série britannique condamné pour l'assassinat de quinze personnes âgées, mais suspecté d'en avoir liquidé plusieurs centaines.

29

Christian Charolle s'assit à son bureau et jeta un coup d'œil sur le livre illustré.

— *Le Tour du monde en quatre-vingts jours*, de Jules Verne. Où veux-tu en venir, Isabelle ?

La capitaine posa son blouson et tira une chaise vers elle.

— Après une partie de ma soirée passée sur Internet, j'ai déniché un truc intrigant. J'ai acheté le bouquin ce matin avant de monter dans le tram. Tu connais l'histoire, je suppose.

— J'ai dû voir le dessin animé sur Disney Channel, quand j'étais gosse.

— Je te résume. Phileas Fogg, un gentleman anglais un peu oisif, parie qu'il fera le tour de la terre en quatre-vingts jours. Durant sa traversée de l'Inde septentrionale, de Bombay à Calcutta, le héros s'enfonce à dos d'éléphant dans les sombres forêts du Bundelkund. Là, il découvre un rite terrifiant.

Charolle se cala dans son fauteuil et croisa les bras.

— Poursuis, ma grande, j'avais besoin de me distraire un peu.

Isabelle prit le livre et l'ouvrit à la page qu'elle avait cornée.

— Laisse-moi te lire l'extrait en question : « Phileas Fogg avait entendu ce mot, prononcé par Sir Francis Cromarty. [...] Qu'est-ce qu'un *sutty* ? demanda-t-il. Un *sutty*, monsieur Fogg [...] c'est un sacrifice humain, mais un sacrifice volontaire. Cette femme que vous venez de voir sera brûlée demain aux premières heures du jour. » En l'occurrence, il s'agit d'Aouda, une fille qu'on maria de force avec un vieux prince *raja*. Dans l'histoire, la captive « ne paraissait faire aucune résistance » et marchait vers la mort de sa propre volonté. En fait, on apprendra qu'elle a été « enivrée de la fumée du chanvre et de l'opium ». C'est ce rite macabre, le « *sati* », qui m'a interpellée. Cette coutume voulait que les veuves rejoignent leur moitié sur le bûcher.

— Tu y vois une évocation de la fin d'Ajita ?

— Difficile de ne pas y penser : Ajita était veuve et d'origine indienne. Elle a brûlé sans qu'on trouve de traces de lutte, il y avait de la drogue dans son organisme. Christian, avoue que c'est troublant.

— Tu oublies qu'elle n'a pas clamsé seule. On n'a pas retrouvé de seringue, et quelqu'un a neutralisé le détecteur de fumée.

— Ça n'exclut pas un « *sati* assisté »...

Charolle agita la tête d'un air perplexe.

Isabelle reprit le livre.

— Plus tôt, dans le récit, on lit que la princesse promise au bûcher « se soutenait à peine ». Elle s'avance au milieu d'une procession religieuse. Verne nous décrit « un char aux larges roues dont les rayons et la jante figuraient un entrelacement de serpents », il soutenait « une statue hideuse avec quatre bras ; le corps coloré d'un rouge sombre, les yeux hagards, les cheveux emmêlés, la langue pendante […], à ses flancs, une ceinture de mains coupées». C'est Kali, la déesse de la mort!

— Allons bon, voilà autre chose.

— Tu es moqueur, mais j'ai imprimé une représentation de la divinité noire vénérée par les thugs.

— Je connais, j'ai aussi vu *Indiana Jones et le temple maudit*.

— Regarde plutôt, âne bâté!

Charolle se pencha sur l'estampe.

Isabelle en profita pour ouvrir son sac et sortir une photocopie couleur.

— Et ça, c'est le cliché pris dans le manoir d'Ajita, à La Bernerie.

— Encore Kali?

— C'est évident, non?

Isabelle était tout excitée par ses découvertes.

— J'ai fouillé dans divers dictionnaires et j'ai trouvé un des nombreux récits de la vie de Shiva, le dieu ambivalent du panthéon hindou. Shiva devait se marier avec une très belle femme, promise par son père. Pourtant, ce dernier changea d'avis et la malheureuse, minée par le chagrin, se jeta dans un brasier. Fou de rage, Vishnu engendra Kali et l'envoya au milieu des hommes pour les détruire. Plus tard, l'épouse renaîtra de ses cendres sous la forme de Parvati.

— Où veux-tu en venir?

— Sais-tu comment se nommait cette compagne avant son sacrifice?

— Tu crèves d'envie d'étaler ta science.

— Elle s'appelait… Sati.

Charolle en resta coi.

— Une exécution rituelle ? Hum, c'est vrai que les faux papiers, l'arme à feu, les galets aux inscriptions étranges. Tout ça commence à puer la secte à plein nez !

— Christian, la piste d'un *sati* est crédible. Et puis, encore une chose. Tu te souviens de l'empreinte de main, adressée par courrier à la vieille Ajita, quelques semaines avant sa mort ?

— Bien sûr, même que la poudre était du phosphore rouge.

— Sur un site consacré à l'anthropologie religieuse, j'ai trouvé de drôles de trucs.

Isabelle posa sur le bureau une autre image tirée d'Internet : la façade d'une porte très ancienne. Elle était maculée de dizaines de traces de mains, gravées dans la pierre.

— C'est un détail de la citadelle de Jodhpur, dans le nord de l'Inde. Ce bas-relief représente le sacrifice de princesses qui laissèrent leur marque sur le mur avant de rejoindre le bûcher.

— Cette coutume existe encore ?

— J'ai lu que les Anglais l'avaient proscrite, en 1829.

Bruno la dévisagea.

— Et donc ?

— Quelqu'un a décidé de remettre le *sati* au goût du jour.

30

Michel Ravaud fit quelques pas dans le jardin, mains dans les poches. Il avait neigé pendant la nuit. En tapant du pied contre la boue gelée, il ôta le capiton de glace qui s'accrochait à ses semelles. Solange ne travaillait pas aujourd'hui. Sa remplaçante, une aide-soignante qui s'appelait Corinne, lui avait permis une promenade surveillée dans le parc. Elle était gentille.

Du coin de l'œil, il vit la petite qui en grillait une, emmitouflée dans son manteau. La fumée se dispersait dans la froidure en volutes fines.

La camisole chimique qui lui compressait le crâne rendait ses gestes lents, sa démarche apathique. Mais son esprit était encore fonctionnel. En l'absence de l'obèse, les piqûres avaient cédé la place à de nouveaux cachets.

Non loin du bois, près de l'endroit où l'Indienne récupérait ses galets, il aperçut Claire. Elle l'attendait. Une copine, voisine de chambrée, l'avait accompagnée. C'était une vieille fille qui n'ignorait rien de l'idylle qu'il entretenait avec la mère d'Isabelle. Elle faisait son possible pour leur faciliter la vie. Quand elle le vit s'avancer, elle lui fit un clin d'œil et s'éloigna.

Il prit la main de Claire et lui demanda comment

elle allait. Le froid lui rosissait les joues ; elle semblait rajeunie.

Tout en s'assurant que Corinne ne l'observait pas, il sortit une enveloppe de sous sa chemise et la lui tendit.

— J'ai écrit quelque chose pour ta fille. Elle travaille bien dans la police, n'est-ce pas ? Il faut que tu lui donnes la prochaine fois qu'elle te rendra visite. Elle doit venir me parler. C'est important, ça concerne ce qui est arrivé l'autre jour.

Claire vit dans ses yeux qu'il ne blaguait pas. Elle saisit le document avec délicatesse et le garda contre elle.

— Si je le mets dans ma poche, il va y rester !

Il hocha la tête en souriant et déposa un baiser sur son front. Il ne se faisait guère d'illusions. Ce message, c'était son dernier SOS.

Après qu'elle eut regagné sa chambre, elle plaça le pli sur son bureau, bien en évidence. Après le déjeuner, elle vaqua à ses occupations et ne prêta plus attention au mot.

Elle avait tout oublié.

31

Le musée Jules-Verne se trouvait sur la butte Sainte-Anne. L'élégante bâtisse offrait une vue plongeante sur la Loire.

Quelqu'un à la bibliothèque avait dit à Isabelle qu'un guide y était incollable sur le grand écrivain.

Elle s'était garée rue des Garennes. Les derniers visiteurs se dirigeaient vers la sortie. Il faisait déjà nuit ; de gros nuages tiraient un voile maussade au-dessus du fleuve.

L'employé se nommait Jérôme. C'était un trentenaire à la tignasse châtain, il portait une barbe de quelques jours. Son polo Lacoste était bien repassé, ses chaussures presque neuves. Isabelle le scanna vite. Elle présenta sa carte et lui expliqua le motif de sa venue : une victime d'origine indienne, ses interrogations sur le *sati* et sa découverte de la scène décrite dans *Le Tour du monde en quatre-vingts jours*.

Jérôme ne s'attendait pas à une requête de ce genre. Après une après-midi de questions falotes, il vit l'occasion d'oublier les touristes. Un vrai challenge.

— Il y a deux ans, fit-il, vous seriez tombée au cœur du sujet. Le musée avait monté une exposition consacrée à Jules Verne et l'épopée du chemin de fer. Un mur était dévolu au Great Indian Peninsular Railway qui traversait une partie du sous-continent. Phileas Fogg l'emprunta, avant de finir à dos d'éléphant. Verne s'est passionné pour l'Inde, d'ailleurs, dans *La Maison à vapeur*…

Isabelle fit un geste de la main.

— Pardon de vous couper. C'est le rituel du *sati* qui me préoccupe. Puisque Verne s'y est intéressé, peut-être a-t-il conservé la trace de recherches à ce sujet ? J'ai aussi besoin de savoir s'il y a un lien entre le suttisme et les thugs.

Le jeune homme opina du chef.

— Venez avec moi, nous serons plus tranquilles dans les sous-sols.

Dans une salle, une demi-banquette circulaire représentait l'intérieur du wagon-projectile décrit dans *De la Terre à la Lune*. Ils prirent place confortablement. Des objets de toute sorte les entouraient : reproduction du *Nautilus*, coffres d'époque, sextant, manuscrits autographes, tridacne et gouaches, araignée de mer et raie brunette. Tout un mur accueillait des photographies relatant des expéditions lointaines.

— Concernant les thugs, qui vénéraient Kali, je crois me souvenir que dans *La Maison à vapeur*, Jules Verne évoque plusieurs ensembles troglodytes : les grottes d'Ellorâ et le temple Kailasa, taillé dans une montagne. Cette cité cyclopéenne comportait plusieurs bas-reliefs illustrant la façon dont les sectateurs étranglaient leurs victimes avec un mouchoir. Jules Verne était fasciné par les sociétés secrètes, l'occultisme et les énigmes archéologiques. D'ailleurs, *Voyage au centre de la Terre* et *L'Ile mystérieuse* témoignent de son attrait pour les légendes et les mythes…

— Et la pratique du *sati* ?

Jérôme la regarda un instant sans répondre. Il la trouvait à son goût.

— Le musée ferme. Il faut que je monte verrouiller la porte d'entrée. Je vous abandonne une minute.

Il la laissa au milieu des reliques.

Quand il revint, elle contemplait la réplique d'un scaphandrier en butte à un calamar géant.

— J'aimerais vous montrer un endroit spécial, interdit au public. Je ne peux théoriquement pas vous y donner accès. À moins d'une demande écrite avec les tampons qui vont bien. Mais, si vous savez rester discrète…

— Je serai muette comme une tombe, fit-elle avec un sourire.

— La formule est de circonstance : suivez-moi !

À l'étage -2, dans la salle de lecture, la baie vitrée donnait sur un balcon. En dépit du crépuscule, on distinguait le quai des Antilles. L'ascenseur faisait face à une mappemonde retraçant les périples des héros de Verne. À l'intérieur, Jérôme introduisit une clef près d'un bouton. Une étiquette « Personnel seulement » le jouxtait. Ils descendirent un dernier niveau et débouchèrent dans un couloir de service. Au bout, ils prirent un escalier en colimaçon et s'enfoncèrent un peu plus dans les entrailles de la colline. En bas, une nouvelle porte close les accueillit, elle arborait le pictogramme « Radioactif ».

— N'ayez crainte, lui dit-il. Nous sommes à l'intérieur de la butte Sainte-Anne, un peu comme dans *L'Aiguille creuse* de Maurice Leblanc. Sous nos pieds court le tunnel ferroviaire de Chantenay ; il rejoint le quai de la Fosse. Ne soyez pas étonnée d'entendre un bruit sourd, de temps en temps. Parfois le sol vibre, mais ça reste ténu.

Juste après la porte, le guide alluma un interrupteur. Des néons frétillèrent, une lumière crue les recouvrit.

La salle était flanquée de grands rayonnages de livres et de cartes, de photographies et d'objets anciens. Des coffres s'alignaient dans un coin.

Le jeune homme attrapa une sorte de chronomètre posé sur une table. Il était relié à une cordelette rouge. Il la plaça autour de son cou.

— C'est un dosimètre à radon, fit-il en croisant le regard interrogateur d'Isabelle. Un gaz radioactif assez dangereux, mais indétectable sans l'emploi d'un instrument approprié.

— Vous voulez dire que vos archives sont remplies de ce truc ?

— On a bien tout un système de ventilation, mais il n'est pas d'une première jeunesse. Or, le radon est présent dans les sous-sols granitiques ; le quartier Chantenay est construit sur une roche de ce type. Ce corps chimique est assez lourd, il s'infiltre dans les habitations et stagne au niveau des caves et des rez-de-chaussée. Les visiteurs du musée ne craignent absolument rien. Mais ici, nous devons nous protéger. Je tombe parfois sur un rat mort, entre deux étagères. On ne descend presque jamais, de toute façon.

— Charmant. Il y a mieux pour draguer les filles, non ?

Le visage de Jérôme s'empourpra.

— Entre nous, on appelle cet endroit l'« enfer ».

— Pourquoi ?

— C'est le terme désignant, dans les bibliothèques,

les réserves contenant des ouvrages rares, impudiques ou dérangeants. L'enfer le plus célèbre est celui des collections apostoliques vaticanes, à Rome. La plupart des choses présentes autour de nous ne sont pas montrables à des scolaires : soit parce qu'elles sont en cours de restauration, soit parce qu'elles mettent en scène certains aspects horrifiants de la nature humaine.

— Comme le *sati* ?

— Par exemple.

Jérôme jeta un bref coup d'œil à son compteur.

— Vous savez, une bonne moitié de ce qui se trouve ici appartenait à Jules Verne. Certains opuscules, des récits d'expéditions en Afrique, furent achetés avec ses premiers droits d'auteur. Les plus belles pièces – des liquidations d'héritages – proviennent des fonds de la Société nantaise d'exploration : un club réunissant de riches armateurs, des cap-horniers à la retraite et des scientifiques. Au XIXe siècle, la SNE faisait du mécénat pour soutenir des voyages lointains. Elle organisait des conférences sur l'archéologie et la géographie. Verne aurait assisté à plusieurs de ces symposiums. C'était durant sa philosophie au Collège royal de Nantes.

Le jeune homme atteignit le fond de la salle, s'accroupit vers un coffre et fit jouer un cadenas ; il sortit une grande chemise en carton, de celles que portent les étudiants des Beaux-Arts.

— Comme je vous l'ai dit, Verne se passionnait pour les légendes. Selon certaines sources, il serait allé à Londres pour consulter les archives du British Museum. Il s'est aussi intéressé à la secte des hommes-léopards. Ces derniers terrorisèrent une partie de l'Afrique avant d'être éradiqués par les Anglais, comme les disciples de Kali d'ailleurs.

Jérôme se dirigea vers une table coincée par des rayonnages.

Il proposa un tabouret à Isabelle et s'assit juste en face d'elle.

Ses cheveux dégageaient quelque chose ; une odeur de vanille ou d'orange.

La voix de Jérôme se fit moins assurée.

— J'ai ici des ex-libris de Verne : ils ont beaucoup de valeur. Mais je souhaitais vous montrer les gravures. Quelques-unes sont des agrandissements réalisés pour une exposition temporaire qui ne vit jamais le jour, faute de crédits. Les estampes d'origine proviennent d'un portfolio édité par l'Oriental Club. C'était un chapitre de la Société nantaise d'exploration ; il réunissait quelques Britanniques qui avaient servi aux Indes avant de s'installer à Nantes. L'ouvrage, *Unspeakable Indian Cults*, est né de la rencontre qu'ils firent à Bombay avec trois officiers de Sa Majesté. Ces militaires devaient évaluer la menace que représentaient les confréries pour la Compagnie des Indes orientales. Les travaux de ces espions contribuèrent à la lutte contre les thugs et certaines traditions morbides. C'est en 1829 que le *sati* fut interdit et la guerre contre les adorateurs de Kali déclarée, mais regardez ceci.

Une jeune femme richement parée jetait des colliers au-dessus d'une foule avide.

— Voici une veuve qui marche vers le *sati*, fit Jérôme. (Il tourna la xylographie vers Isabelle.) Le rituel du *sati* a longtemps fasciné les Occidentaux. Au départ, il s'agissait d'une pratique suivie par les princesses rajputes pour éviter de finir dans le harem d'un ennemi après une défaite. Elle fera tache dans tout le sous-continent. Sur cette première image, la maharani doit remplir les conditions requises pour le *sati* : ne pas être enceinte, ni impure. Voyez : elle a pris un bain, s'est vêtue en sari de mariée, puis s'est enduit les mains d'une pâte de kum kum. Elle va l'appliquer sur les murs des maisons, le long du chemin qui la mène à son destin.

— Comme dans la forteresse de Jodhpur, fit Isabelle.

— Exact, un des derniers vestiges de l'époque. La tradition rapporte que c'est le fils aîné de la veuve qui allume le bûcher. Parfois, elle est ligotée avec son époux. Une foule extatique entoure la scène. L'homme et la femme sont de nouveau réunis, comme lors de leur mariage.

— Des noces de cendres, murmura Isabelle d'une voix sourde.

Jérôme gardait les yeux fixés sur la représentation.

— Le dessin suivant est bien plus terrible.

Cette fois-ci, nul air béat sur le visage de la *sati*, bien au contraire. La gravure montrait une fille qui se tordait de douleur. De l'attroupement, on devinait les ovations pieuses. Tout près, des musiciens jouaient.

— C'était pour couvrir les cris de la malheureuse, fit Jérôme. Rien ne devait entacher le caractère « spontané » de la cérémonie. Voyez ces prêtres près des flammes, et ces grandes perches de bambou ! Elles sont destinées à repousser la veuve au centre du foyer. C'était les brahmanes qui se chargeaient de la besogne, ou la belle-famille…

Isabelle pointa le bas de l'image.

— C'est un crocodile, dans le fleuve ?

Jérôme hocha la tête.

— Si l'entourage du *sati* n'était pas riche, le bois coûtait cher. Il n'était pas question, comme dans les classes supérieures, d'édifier un bûcher avec des essences de santal ou de cannelier. On mettait le minimum de fagots. Une fois la mariée morte, ses lambeaux étaient jetés à l'eau ; les sauriens faisaient bombance. Dans *Unspeakable Indian Cults*, on lit que la veuve est écrasée avec un rondin sitôt après avoir sauté dans les flammes ; les prêtres pouvaient aussi jouer du sabre pour interdire toute retraite à la malheureuse.

— Je comprends pourquoi ce livre n'est pas exposé, souffla Isabelle.

Jérôme ne la quittait pas des yeux.

— Nous sommes restés trop longtemps, murmura-t-il. Il faut remonter.

Il faisait nuit. La pluie avait cessé. Jérôme ferma la porte du musée. Isabelle serra les pans de son manteau.

— J'espère avoir été utile à votre enquête, capitaine.

— Vous avez apporté votre pierre. Votre nom, c'est comment déjà ?

— Appelez-moi Jérôme.

Quelques secondes passèrent sans qu'ils ne disent rien.

— Il y a un troquet au bas de la rue, lança-t-il. Il propose de bonnes bières et un concert, ce soir. Si vous n'avez pas d'obligation, on pourrait oublier toutes ces horribles histoires ?

32

Bruno regarda son bouquet de fleurs puis leva les yeux sur la sonnette. Un sentiment d'irréalité l'envahissait. Dire qu'il y avait quelques jours à peine, il frappait à la porte de Sandrine. La vie réservait parfois de drôles de surprises. Il n'avait pas envie de se poser de questions. Elle lui plaisait. Point à la ligne.

Marianne lui ouvrit. Une jolie robe tombait de ses épaules, elle sentait bon.

Il prit des nouvelles de son fils – il allait beaucoup mieux – et accepta le verre qu'elle lui tendit.

— C'est votre pharmacie, au rez-de-chaussée ? demanda-t-il en considérant l'enseigne éteinte.

— Oui. Avec mon ex, nous étions propriétaires de l'appartement sur le palier. Après l'avoir vendu, par facilité, j'ai loué le logement mitoyen. Mais on est à l'étroit. Il faudrait que je déniche autre chose. J'ai du mal.

Elle avait préparé un tagine truffé de poires et de dattes. Il adora. Marianne s'apprêtait à chercher le dessert quand le téléphone sonna. Son fils, qui venait de se mettre en pyjama, prit le combiné et blêmit aussitôt. Sans un mot, il courut vers la cuisine. Bruno tendit l'oreille, des chuchotements perçaient la cloison. Il sentit l'inquiétude et la peur.

Marianne revint, troublée.

— Un problème ?

— Non, non, fit-elle, peu convaincante.

— C'est votre ancien mari ?

Son visage se rembrunit.

— Oui. Il me harcèle.

— Signalez-le à votre avocat, à la police. Il ne peut pas tout se permettre.

— Je sais bien… j'essaye de préserver mon fils.

— Je n'ai pas de conseils à vous donner, ça m'attriste de vous voir dans cet état.

— Vous êtes gentil. Mais ce sont mes affaires.

— Je me suis montré indiscret, excusez-moi.

— Mais non, il faut toujours qu'il appelle au pire moment. Ce n'est pas de lui que j'avais envie de parler avec vous.

— Je crois que je vais y aller.

— Zut, l'ambiance est gâchée, je le sens bien.

— Pas du tout, Marianne. J'ai passé une soirée très agréable, je vous assure. Mais demain, je me lève tôt. On pourra se revoir… si vous voulez.

Sur le palier, il hésitait entre partir sans se retourner ou l'embrasser fougueusement. Ils se quittèrent sans formule.

Bruno remonta la rue à grandes enjambées.

Il dépassa une berline garée sur le côté et ne prêta aucune attention au chauffeur qui lui tournait le dos. Celui-ci ne lâchait pas le rétroviseur du regard : il l'avait vu sortir de l'immeuble. Le type était engoncé dans un imperméable à la propreté douteuse. Dans le miroir devant lui, il contempla son visage bouffi et les cernes sous ses yeux. La calvitie et le teint crevard. Il se trouvait moche, un tocard au bout du rouleau.

Il avait envie de chialer, les choses avaient merdé à une vitesse pas croyable. Mais s'apitoyer sur son sort était vain. Il voulait lui signifier qu'il était toujours là, le premier et le dernier homme de sa vie.

Elle feignait de l'ignorer.

Il devait agir.

33

Au fond de la jungle, une rumeur lointaine se fit entendre. Ce ne fut d'abord qu'un chuchotement qui s'enroulait autour des arbres, puis des chants qui s'élevaient vers les étoiles. Autour d'un brasier, une assemblée hurlait des incantations. Les flammes se miraient sur la peau cuivrée des hommes et les saris des femmes. Des brahmanes brandissaient des sabres dont les lames courbes reflétaient les rayons bleutés de la lune.

Soudain, les participants retinrent leur souffle. Deux prêtres, richement vêtus, fendirent la masse. Ils escortaient une silhouette drapée d'or et de pourpre. Son visage était recouvert d'un voile. Elle ne parlait pas, mais, en dépit des hosannas de la foule qui venaient de reprendre, elle laissait échapper de petits sanglots.

Un talus surplombait le bûcher, dressé dans une fosse. Dans le clair-obscur, les clercs étaient figés.

On fit monter l'ombre en haut du tertre. Deux gaillards enturbannés s'étaient rapprochés, une tige de bambou dans les mains. Dans le trou rougeoyant, la dépouille du vieillard dégageait une odeur douceâtre et écœurante : un mélange d'encens, de bouse de vache et de charogne grillée.

Au moment de sauter dans la fournaise, la princesse

recula. Un des hommes à la perche la poussa vigoureusement ; elle chuta.

La foule caquetait et rendait gloire à ses divinités barbares.

Alors que la captive hurlait et se tordait, l'étoffe qui recouvrait sa face tomba. Ce n'était pas une nubile, mais une femme aux cheveux blancs.

Ses traits étaient ceux de Claire Mayet.

Isabelle se redressa d'un bond dans son lit.

Elle ne remarqua pas la silhouette de Jérôme qui dormait en chien de fusil à ses côtés. Une atmosphère lourde et sucrée régnait dans l'appartement.

Tout le mobilier de la chambre ployait sous l'effet d'étranges anamorphoses.

Ce n'était pas comme les autres fois. Elle n'avait pas rêvé de noyade dans des souterrains inondés, de choses furtives et visqueuses qui la frôlaient dans le noir.

C'était autre chose…

Elle sauta sur ses pieds et se rua vers le boîtier qui contenait son arme. Fiévreusement, elle composa le code de la mallette, sortit son pistolet et vérifia que le chargeur était garni.

Les ténèbres étaient peuplées de présences hostiles.

Dans sa tête résonnaient encore les chants élégiaques de la foule en transe.

Son canon pointé vers le salon, elle cillait des yeux. Il y avait quelque chose ou quelqu'un, tapi dans l'ombre. Comment était-ce possible ? Elle habitait sous les combles, au dernier étage de l'immeuble. Sa porte était toujours fermée à double tour et elle n'avait aucun voisin durant la nuit.

— Isabelle, que se passe-t-il ?

Le jeune homme était sur son séant. Il fixait, incrédule, la femme en petite tenue qui arpentait l'appartement, une arme à la main. Finalement, il se leva et la serra dans ses bras.

— Doucement, calme-toi, tu ne vois pas que nous sommes seuls ? Tu as fait un mauvais rêve !

Elle secouait la tête, perdue. Il prit garde de ne pas se retrouver devant le canon. Il fallut qu'il allume pour qu'elle réalise qu'il disait vrai.

— Écoute-moi, Isa, ton cauchemar, c'est un effet secondaire du radon. Nous sommes restés trop longtemps dans la réserve. C'est pour ça que les stagiaires n'y ont pas accès. (Il se dirigea vers les fenêtres et les ouvrit en grand.) Dans quelques instants, tout ira mieux.

Elle vida d'une traite le verre qu'il lui tendit.

— Tu ne comprends pas, ce n'était pas une hallucination. Ma mère court un grave danger. Elle vient de m'appeler à l'aide !

34

La commissaire divisionnaire Lucie Levy désigna une chaise à Donnadieu après l'avoir chaleureusement accueilli dans son bureau. Elle s'assit et croisa les jambes. La jupe de son tailleur remonta discrètement le long de sa cuisse. Son collègue loucha imperceptiblement sur le galbe de la plus belle paire d'échasses de Waldeck. Cette femme était à croquer, mais inaccessible. Elle était mariée avec un grand manitou de la police parisienne. Plus d'un avait songé que l'éloignement géographique des deux conjoints, deux drogués du boulot, allait créer quelques tensions propices aux aventures. Ils en furent pour leurs frais.

— Quel bon vent t'amène, Jacques ?

— La brûlée de Machecoul ; tu as lu la presse, j'imagine.

— Oui. Le préfet m'en a parlé pas plus tard qu'hier.

Donnadieu s'efforça de paraître surpris : il n'ignorait rien des connivences qu'il y avait entre elle et le représentant de l'État.

— L'affaire fait du bruit. Derrière ces maisons de retraite, il y a des financiers.

— J'imagine.

— Nous avons plusieurs pistes, une m'amène ici. Ton service s'occupe toujours des sectes ?

— Pour être franche, ça fait un bout de temps que le sujet n'intéresse plus grand monde, là-haut.

— Avez-vous remarqué des organisations indiennes dans le coin ?

Lucy se redressa, intriguée.

— Eh bien, on dresse un bilan annuel à la demande de la direction. On noircit quelques pages, avec deux ou trois camemberts en prime. L'illusion du contrôle par la statistique. Je peux regarder ce qu'il y avait dans le dernier recensement. Elle se leva et ses talons claquèrent sur le plancher ; le bruit était érotique. Lucie Levy revint avec une note.

— La pêche sera maigre, mon vieux, j'en ai peur. Mes officiers ont fait l'inventaire de tous les adeptes de l'ouverture des chakras, dévots de la méditation plus ou moins transcendantale et autres apôtres de l'énergie universelle. Quelques tripoteurs, un ou deux escrocs et beaucoup de types qui n'ont jamais attiré l'attention.

Donnadieu hocha la tête avec résignation.

— Dommage.

— Jacques, je sais que cette affaire te tient à cœur.

— Pourquoi dis-tu ça ?

Elle sourit en se calant dans son fauteuil.

— On chuchote, dans les couloirs, que tu briguerais bien ma place.

— Qui t'a raconté cela ?

— Allons, tu as demandé audience au directeur de cabinet du préfet il y a quinze jours.

— Je vois que tu es bien renseignée !

— C'est mon job : on me paye pour ça.

— Je pensais que tu surveillais les terroristes, pas tes collègues.

Elle fit un geste d'apaisement.

— Tu te trompes, Jacques, je l'ai appris par hasard. De toute façon, j'imagine que tu as formulé d'autres souhaits, le poste au SDIG est très convoité.

— Eh bien, non, je n'ai pas postulé ailleurs.

— Enfin, tu n'as pas le profil…

Il aurait aimé lui dire bien des choses, mais il devait la boucler, sauf à céder à une pulsion de mort et compromettre toutes ses chances.

Il se leva et attrapa son manteau.

— Merci de m'avoir donné de ton temps.

— Il n'y a pas de quoi. Bon courage à toi.

Donnadieu se dirigea vers la cage d'escalier.

Une chose était claire, Lucie Levy ne lui ferait aucun cadeau.

35

Charolle ouvrit la chemise devant lui et sortit le cliché de Jamak Sunsi.

— La diffusion de la photo auprès des patrouilleurs, de la BAC et de la gendarmerie n'a rien apporté, conclut le commandant en s'adressant à Farge et à Essevia, convalescent.

— Gardon et Chantal Henning sont libres. Tout ce qu'il nous reste sous le pied, c'est le numéro du portable de Jamak. Pajole a donné son feu vert hier soir : on lance la demande d'identification de l'opérateur. Avec un peu de chance, on aura la réponse demain. Ensuite, on connaîtra les factures détaillées mensuelles des communications passées avec le téléphone de Sunsi. Espérons qu'il en ressorte quelque chose de valable. Sinon, l'enquête sera au point mort !

Les autres approuvèrent, maussades.

— Au fait, où est Isabelle ?

— Partie voir sa mère, fit Hugo.

36

C'est à la rampe de déambulation qu'elle la trouva. Ils étaient trois, en chaussons, progressant le long de la paroi. Une lumière tamisée tombait du plafond. Quelques murmures voilés et le bruit des semelles sur le linoléum troublaient à peine le silence. Claire Mayet était en robe de chambre ; elle fixait un point abstrait devant elle. Peut-être était-ce le banc, au fond du jardin familial, où elle goûtait le soleil de juin. Qui sait si son mari ne l'attendait pas, les bras grands ouverts.

Isabelle regardait la spirale des anciens. La fatigue lui pesait. Elle aurait tant aimé que sa mère soit une femme énergique, faisant des pieds et des mains pour garder ses petits-enfants. Elle devait se contenter de sa solitude et d'une pauvre vieille qui partait en vrille.

Observer ces vioques tourner en rond était surréaliste, elle les imaginait en proie à ces prisons panoptiques construites durant l'ère victorienne. La déambulation permettait de lutter contre l'angoisse des incurables, mais elle ne pouvait s'empêcher de voir dans cet enroulement l'image de leur déclin.

Après avoir échangé quelques mots avec Corinne, Isabelle fut rassurée. Son cauchemar n'était en rien prémonitoire. Claire allait aussi bien que possible.

Elle la fit asseoir dans un fauteuil et remplit la bouilloire d'eau. Elle prit un sachet de thé et s'arrêta une seconde sur la marque. C'était celle qu'utilisait la vieille Indienne.

Tous les mystères qui entouraient Ajita la mettaient, rétrospectivement, mal à l'aise. Claire avait-elle couru un danger quelconque en la fréquentant ? Tout péril était-il écarté ?

Isabelle lui tendit un mug.

— Fais attention, maman. C'est chaud.

Elles soufflèrent sur leur tasse et burent en silence.

— Tu sais, fit Claire. Il y a quelque chose que j'aimerais faire.

— Quoi donc ?

— Me promener dans mon jardin, voir si mes fleurs ont poussé.

— Maman, nous avons vendu la maison de Rezé. Le seul parterre ici, c'est celui de la résidence. Mais c'est l'hiver, tu devras attendre le printemps.

Elle sembla douter de la sincérité de cette réponse. Puis, conciliante, elle lâcha : « Une autre fois, alors. »

Isabelle contempla, désolée, les papiers qui s'amoncelaient sur le bureau. Beaucoup de revues et de journaux. Qui pouvait bien les laisser là ? Claire ne lisait plus depuis longtemps. Elle prit un gros tas et partit le jeter dans une poubelle du couloir. En revenant, elle rangea sommairement quelques feuilles. Une enveloppe glissa par terre. Elle se baissa et vit son prénom, griffonné dessus.

— Tu as vu, maman, il y a un mot pour moi. Tu sais qui l'a posé ?

Elle montrait le pli à Claire qui se contenta de ciller des yeux. Ça ne lui disait rien du tout.

Elle allait la décacheter quand son portable sonna. Charolle voulait savoir quand elle repassait au service.

Isabelle enfourna le document dans une poche de son manteau et embrassa sa mère avant de filer.

Au moment où elle démarrait, Michel Ravaud finissait de s'habiller. Devant lui, l'armoire béait sur des cintres vides. On avait pris son blouson d'aviateur. Quelqu'un l'avait certainement jeté au feu. *Comme Ajita*, pensa-t-il.

Soudain, la porte s'ouvrit. La harpie entrait toujours sans frapper.

— C'est l'heure des médicaments, m'sieur Ravaud ! cria-t-elle avec sa voix de fausset.

Sans attendre la réponse du vieux, elle sortit une seringue de son étui.

37

En arrivant chez lui, le premier réflexe de Bruno fut d'aérer. La bâtisse, proche de la Loire, était humide. En fin de journée, et l'hiver plus encore, l'air charriait des relents de cave dans la cage d'escalier.

Dans la chambre, un simple matelas posé au sol jouxtait un petit bureau. Dessus, les tee-shirts s'accumulaient en désordre.

En quête d'une bière, il ouvrit le réfrigérateur, sortit un sachet de pâtes fraîches et mit l'eau sur le gaz.

Dans le salon, près d'une plante à demi lyophilisée, le répondeur clignotait dans la pénombre.

Il enfila un pantalon de jogging et décapsula sa canette avec le dos d'un canif.

En avalant une gorgée, il fit défiler ses messages : le premier, c'était son ex qui se plaignait d'avoir toujours des affaires à lui ; elles encombraient le couloir. Puis ce fut sa mère geignant de ne pas avoir de nouvelles, le conseiller clientèle de la banque pour un entretien, et un opérateur téléphonique, depuis un centre d'appel marocain, qui lui proposait une offre dont il n'avait que faire.

Il s'apprêtait à éteindre la boîte vocale ; il avait son compte. Vint la dernière communication.

C'était Marianne, elle criait presque.

— Bruno, des types cambriolent la pharmacie, ils cassent tout ! Je suis avec mon fils, j'ai peur !

Le coup de fil datait de moins de dix minutes.

Il enfila un sweat-shirt et ramassa son pistolet avant de se ruer dehors.

Sur place, les reflets des gyrophares balayaient les façades de l'officine. Bruno avait demandé à la salle de commandement d'envoyer une patrouille ; la brigade anticriminalité s'était portée en renfort. Des collègues vêtus de leur gilet pare-balles bloquaient les issues du magasin.

— Tranquille, Bruno, fit un lieutenant de la BAC en le voyant courir vers lui. La proprio est là-haut avec son gosse, l'équipe de nuit est à ses côtés. Les types sont repartis en laissant un beau bordel.

La porte de l'appartement était entrouverte, une gardienne de la paix prenait des notes. Marianne tenait son fils serré contre elle. En apercevant Bruno, un sourire éclaira son visage. Le flic sentit un fluide le traverser.

— Comment ça va ? dit-il en lui touchant l'épaule.

— J'ai eu une de ces frousses. Je craignais qu'ils montent ici pour nous kidnapper, ou Dieu sait quoi encore.

— Tu as une idée de qui ça pouvait être ?

— Non, c'est la première fois que je me fais cambrioler.

— Qu'est-ce que ça donne ? demanda l'officier à la femme en uniforme.

— Ils étaient plusieurs. Les voisins de palier sont en week-end : pas de témoins. Les individus ont forcé le rideau de fer pour s'introduire par la porte coulissante.

Le tiroir-caisse a été visité, mais ce n'est pas l'argent qui les intéressait. Pour le reste, on attend la police scientifique.

Marianne se tourna vers Bruno.

— Il y a quelque chose d'étrange, tout de même. L'alarme n'a pas fonctionné. Pourtant, je suis sûre de l'avoir enclenchée en fermant tout à l'heure.

— On va jeter un coup d'œil, répondit la gradée.

Comme elle s'éloignait, Marianne se rapprocha de Bruno. Elle était livide.

— J'ai peur, pour Bastien et moi. Et si ces gens-là n'avaient pas trouvé ce qu'ils cherchaient ? C'est peut-être des morphinomanes qui en veulent à mes réserves de méthadone. Ils sont prêts à tout, des confrères ont été agressés l'année dernière. Tu imagines, s'ils nous mordaient, le risque du sida !

Bruno la serra dans ses bras.

— Et si tu venais dormir à la maison avec le petit ? J'ai un bon canapé-lit, vous serez tranquilles jusqu'à demain matin. Après, je vais demander à mes collègues des stups de passer jeter un œil à ta pharmacie. Ils connaissent la plupart des squats de la ville, les trous où se planquent les camés. Ils sauront me donner le profil de ces types.

— Merci, Bruno.

— T'inquiète. Prenez votre brosse à dents et des affaires de rechange, je vous attends en bas.

Depuis la rue, les flashs des appareils des techniciens de scène de crime brasillaient sur les pavés.

Un moustachu, pull à col roulé et blouson estampillé « PTS », sortit du local pour en griller une.

— Salut, fit Bruno en lui serrant la main. Vous avez trouvé quelque chose ?

— Bof, au premier regard, les gars ne sont pas finauds. Pour défoncer les portes des armoires, ils ont utilisé une masse. Piquée sur un chantier, sans doute. Il reste du fric dans la caisse enregistreuse, on a récupéré des traces de sang et même une belle empreinte digitale. Je ne crois pas trop à un *bad trip* sous acide qui aurait poussé des mecs à fondre sur la première pharmacie venue.

— La proprio dit que l'alarme ne s'est pas déclenchée.

— Alors, elle a déconné, ou bien les malfrats connaissaient le code. Vous avez pensé à une piste domestique : un jeune camé qui visite l'officine familiale ?

— Ils voulaient quelque chose de précis ?

— On dirait bien ; seule une partie de la remise a été fouillée. Les gars savaient où chercher.

Marianne et Bastien sombrèrent dès qu'ils furent couchés. Bruno les regarda un moment puis ferma la porte du salon. Il s'allongea sur son lit et éteignit la lumière. De la fenêtre entrouverte bruissaient les rumeurs de la ville.

Il était heureux de les avoir avec lui.

38

Le type quitta péniblement la Ford. C'était un quinquagénaire à la silhouette lourde. Une barbe rousse mangeait un visage où perçaient deux yeux sombres.

Bruno patientait en prenant un café au troquet attenant. Il laissa une pièce sur la table et sortit dans le matin frais.

Les deux hommes se firent la bise sans gêne.

René Caisson, capitaine et chef de groupe à la brigade des stupéfiants, était content de revoir son ancien complice. Les stups de Paris, c'est là qu'avaient débuté leurs carrières.

À Paname, ils avaient écumé les bas-fonds du quartier Stalingrad, ses taudis et ses crack-rooms autour de la place de la Rotonde.

Une amitié indéfectible les avait soudés quand ils avaient fait leurs classes au sein de la SIAT[1], le service chargé d'infiltrer les réseaux de la drogue. Après deux ans d'un travail périlleux, ils avaient remonté une filière afghane qui nourrissait en cocaïne tout le XIXe arrondissement. Un parrain était parti au ballon,

1. Service interministériel d'assistance technique, rattaché à la Direction centrale de la police judiciaire.

mais deux informateurs avaient été égorgés. Leurs épouses et leurs gosses avaient connu le même sort. On retrouva les corps dans une mise en scène à glacer le sang. La presse, croyant à un tueur en série, avait parlé du « Boucher de Stalingrad ». Mais il s'agissait bien d'un règlement de comptes. Les « cousins » étaient ceux de Bruno et René. Ils accusèrent le coup et René faillit raccrocher les gants. On leur offrit une affectation au choix, en province. Ils choisirent Nantes, leur bassin familial à tous les deux.

Dans la cité des Ducs, l'unité de René Caisson se nommait « La colonie » : une allégorie des hyménoptères qui se déplacent en essaim et piquent quand il faut. Depuis des années, le groupe des stups écumait l'envers du décor. Il avait trouvé une astuce pour marquer le territoire des flics au milieu des tours : des autocollants de Maya l'abeille qu'ils appliquaient sur les portes défoncées après leur descente au petit matin.

— J'ai besoin de l'avis d'un faux jeton de bourdon, lança Bruno.

René sortit une boîte de réglisse de sa poche.

— Accouche.

— La pharmacie d'une amie s'est fait casser, cette nuit. C'est là où on voit les scellés. J'ignore qui a fait le coup. Elle est divorcée, c'est compliqué. Son ex-époux a un vélo dans la tête, mais je ne crois pas qu'il soit camé. Alors, si tu peux m'éclairer.

René passa sous le croisillon des rubalises et entra dans l'officine. Seule l'arrière-boutique avait été touchée : tiroirs vidés, battants d'armoires défoncés.

Après une courte inspection, la reine des abeilles rejoignit Bruno.

— Tu as une chose à faire, c'est demander à ta copine si elle a un stock d'antigrippaux. Ils contiennent des composants que les dealers utilisent pour fabriquer des amphétamines, comme l'ecstasy. Tant qu'elle y est, qu'elle fasse la liste de ses réserves de produits amaigrissants, alcaloïdes, dopants… C'est toujours les mêmes trucs qui sont volés. C'est révélateur du profil des pillards.

— Entendu, je vais lui conseiller de faire l'inventaire.

— Bruno, tu dois savoir que ce n'est pas la première pharmacie cambriolée dans le coin, je dirais que c'est la quatrième. On soupçonne un gang installé récemment dans la région. Selon nos informateurs, il disposerait d'un laboratoire clandestin où serait confectionnée de la « crystalmeth », une saloperie de psychostimulant.

— C'est facile à dissimuler, un complexe pareil ?

— Plutôt, la méthamphétamine se situe à une seule étape de transformation de l'éphédrine, présente dans les antigrippaux. Une cave, un grenier ou un garage équipé, et c'est parti !

Les deux hommes sortirent dans la rue.

— Cet atelier n'est pas une légende urbaine. Il n'y a pas longtemps, le long de la Loire, on a découvert les carcasses de trois ragondins. À l'école vétérinaire, ils ont diagnostiqué un empoisonnement : la plage avait servi de décharge. On sait que pour un kilogramme d'amphétamines, on produit dix fois plus de déchets toxiques.

— Et vous n'avez aucune piste ?

— Le gang est dirigé par un Serbe et…

— Le Scorpion !

— Tu le connais ?

— De réputation, il fait bosser un groupe de putes quai de la Fosse.

— Ça, on le savait. Mais on n'a jamais recruté le moindre informateur. Il a une manière bien à lui de punir les bavards.

— C'est-à-dire ?

— Il les troue à la perceuse, tu vois le genre. Il y a deux ans, un caïd de Beaulieu a voulu la jouer solo. On l'a repêché dans un étang du pays de Retz. Il avait deux beaux orifices dans les genoux.

— Je me souviens de l'affaire, c'était en zone de gendarmerie. J'ignorais que le Scorpion était derrière.

— En tout cas, c'est un fantôme. Ce qu'il faudrait, c'est qu'on mette le GIR[1] sur le coup. Mais ça implique que les pandores soient dans la boucle, et Donnadieu préférera crever. Pourtant, il nous fout la pression depuis des semaines pour qu'on avance sur l'enquête.

— Nous, c'est la cramée de Machecoul qui l'obsède. Je vois que le coquin a plusieurs fers au feu. Sa mutation au SDIG, tu veux que je te dise : il en rêve la nuit.

Pendant que les deux hommes discutaient, un bus s'arrêta de l'autre côté de la rue. Marianne en descendit : elle avait déposé son fils à l'école.

— Marianne fit Bruno, je te présente le capitaine René Caisson, un bon collègue. C'est lui qui va travailler sur le cambriolage de ta pharmacie.

Comme René abordait la question des substances qui avaient disparu, Marianne esquissa un sourire amer.

1. Groupe d'intervention régional : composé de policiers, de gendarmes, de fonctionnaires des impôts et des douanes. Les GIR luttent contre les trafics en réseaux.

— Des antigrippaux ? Bien sûr que j'en ai des stocks, c'est ma pharmacie qui passe les commandes groupées pour toutes les officines du quartier.

— Ton ex-mari était au courant ?

— C'est lui qui s'occupait de la comptabilité.

39

Grâce à la commission rogatoire, le relevé sur six mois des factures détaillées mentionnant les appels téléphoniques émis et reçus à partir du portable de Jamak Sunsi arriva dans un temps record.

Ce matin-là, Christian Charolle et ses trois collègues se partagèrent la traque de tous les correspondants rattachés au mobile de l'Indien. Le travail était long et ingrat, il y en avait sur liste rouge ou provenant de postes internes à des sociétés. Les policiers marquaient les résultats ; des flèches matérialisaient les rapprochements sur un grand panneau.

Un peu avant 17 heures, Hugo se dirigea vers le support blanc et inscrivit le nombre « 10 » entre la ligne reliant le GSM de Sunsi et un commerce qu'il venait d'identifier.

— L'Udaipur cantine, ça dit quelque chose à quelqu'un ?

— C'est un restaurant indien, fit Bruno en relevant la tête.

— Notre homme a appelé cette adresse dix fois en l'espace d'un mois à peine.

— De quand date la dernière communication ?

— Je regarde… le 18 juillet.

— Hum, c'est bien avant la nuit du meurtre. Rien depuis ?

— Non, d'ailleurs, le numéro n'a plus fonctionné depuis le 14 novembre.

Isabelle plongea le nez dans la procédure.

— C'est un mois à peine avant l'immolation.

— Merde ! s'écria Charolle, si ça se trouve, il a décampé loin d'ici juste après son forfait. S'il n'est pas trop con, il s'est débarrassé du portable.

— En tout cas, ajouta Bruno, le gérant du resto indien n'est pas franc du collier. Jamak Sunsi l'a contacté à de multiples reprises et il ne le reconnaît pas sur la photo.

— Notre ami est amateur de cuisine indienne et, s'il faut réserver par téléphone… On ne s'emballe pas !

— Mais c'est un boui-boui, répliqua Bruno.

Christian Charolle étouffa un bâillement.

— Avec la fadette[1], on a des billes pour l'asticoter un peu. L'idéal serait de le filocher, mais les effectifs nous manquent. Faisons simple : convocation et interrogatoire.

— J'appelle Pajole et j'essaye de le convaincre, ajouta Christian.

Dix minutes plus tard, le commandant raccrochait.

— On a sa bénédiction pour le marchand de soupe !

L'Udaipur ouvrait à 11 heures. Une surveillance discrète fut organisée une heure avant, depuis une voiture. Hugo et Isabelle patientaient à l'intérieur.

---

1. Expression tirée de FACDET : facturation détaillée d'une ligne téléphonique à partir d'un numéro.

Depuis leur position, ils guettaient tout ce qui bougeait dans la rue.

La photo du gérant, Navin Joshi, était sur le tableau de bord. Bruno l'avait reconnu dès son arrivée.

Quand il sortit d'un pick-up défraîchi, Isabelle prit la radio.

— On a Siddharta en visuel, il vient d'entrer dans le restaurant.

— Pas de gros bras avec lui ? demanda Christian, garé un peu plus loin.

— Négatif : seul.

Le chef de groupe rajusta sous son blouson l'étui à revolver et traça vers le commerce. Bruno le suivait en jetant de brefs coups d'œil aux alentours.

Ils enfilèrent leur brassard orange et pénétrèrent dans la gargote.

Dès qu'il les vit, Joshi se crispa.

Charolle fit un pas en avant et tendit une convocation à l'Indien.

— Dans le cadre d'une affaire criminelle, vous êtes attendu au commissariat, demain à 10 heures.

— Je ne suis pas disponible. De toute façon, je n'ai rien à déclarer.

Bruno fit la grimace en humant l'air.

— Ça sent le brûlé. Tu veux qu'on aille inspecter tes popotes ? On pourrait prendre quelques clichés et les donner à la Direction départementale de la protection des populations. Un contrôle sanitaire, qu'est-ce que tu en penses ?

Le lieutenant sortit un appareil numérique. Il déclama d'un ton scolaire : « Dans le cadre de nos diligences, et après remise de la convocation par OPJ à l'intéressé, disons avoir perçu une odeur désagréable en provenance de la cuisine. Sur place, disons constater la présence d'ustensiles malpropres et de nombreux déchets organiques entreposés à l'air libre… » Je continue de rédiger mon P.-V. ou tu te montres raisonnable ?

Navin Joshi afficha une mine défaite.

— Il y en a pour longtemps ?

— Ça dépendra de ton niveau de coopération.

*

Un vent canaille fit voltiger du bureau les dernières pages de l'audition de Joshi. Rémi Pajole se leva pour fermer la fenêtre de son cabinet. Assis près de sa greffière, Charolle parcourait ses notes d'un air las.

— Il a vraiment tout balancé ? fit le juge.

— Le relevé des communications attestant qu'il avait été en relation avec le suspect, il pouvait difficilement nier. Joshi a avoué avoir employé Sunsi au black, pendant plusieurs mois. Il turbinait aux cuisines et percevait son salaire en liquide.

— Ça expliquerait les liasses de billets trouvées dans la cachette du manoir.

— Possible. Mais le patron de l'Udaipur a précisé qu'il n'avait plus de nouvelles de lui. Il est parti du jour au lendemain, sans crier gare. Joshi l'a joint plusieurs fois sur sa messagerie, en vain. J'ai vérifié, il dit vrai.

— La disparition de l'Indien coïncide-t-elle avec la nuit où la vieille Ajita a brûlé ?

— À quelques jours près.

— Et sait-on où est notre homme ?

Charolle ménagea son effet.

— Jamak Sunsi loge à l'hôtel du Fleuve, rue des Usines : une résidence crapoteuse près de la gare de Chantenay.

Un bref sourire barra le visage de Pajole.

— Commandant, assurez-vous qu'il y est toujours. Si c'est le cas, nous procéderons à son interpellation.

— On a intérêt à ce qu'il passe à table sans faire d'histoire.

— Je l'interrogerai moi-même, dans mon cabinet. C'est notre dernière piste.

40

— Qu'est-ce que c'est que ce machin ? demanda sèchement Dupré.

Il soulevait le livre d'un air dégoûté. Solange Louzou se tenait devant le bureau, les bras croisés et la mine contrite.

— C'est en vidant la chambre de Mme Bihar qu'on l'a trouvé. Christine passait l'aspirateur sous le meuble quand elle a senti qu'elle butait contre quelque chose ; elle s'est penchée, et voilà.

C'était un très vieil album photo, relié de cuir beige. Le plat représentait des fleurs stylisées, gravées dans les téguments. Un imposant fermoir le maintenait clos. Il était équipé d'une curieuse serrure à combinaison.

Dupré chaussa une paire de lunettes et prit l'ouvrage. Le contact avait quelque chose d'écœurant. On aurait dit ces grimoires des temps jadis, versés dans la magie noire.

Il tenta de l'ouvrir avec un coupe-papier, mais ne parvint qu'à riper. Il jura et suça la goutte de sang qui perlait sur son pouce.

— Débarrassez-moi de cette merde, Solange. Que voulez-vous qu'on en fasse ?

— Je ne sais pas, monsieur le directeur, peut-être que les policiers…

— Ces gens nous ont causé suffisamment de tracasseries, vous ne croyez pas ? La façon dont ce petit juge a traité le docteur Gardon est scandaleuse, vous m'entendez ? Mme Bihar est morte, paix à son âme. Quant à notre maison, elle est hors de cause. Pensez à nos pensionnaires, qui ont besoin de sérénité, à nos malades, que toute cette agitation perturbe. Puisque les scellés ont été levés et que la chambre nous a été rendue, balançons ce bouquin aux oubliettes. Je vais m'en charger, d'ailleurs. Ce sera tout, Solange, je vous remercie.

Quand la soignante fut partie, Dupré prit l'ouvrage et le jeta au fond de sa valise.

41

Bruno venait de changer les draps du canapé. En retournant dans la cuisine, il vit Marianne qui essuyait la vaisselle.

— Tu t'embêtes pour rien, j'ai une machine.

— J'avais besoin de m'occuper l'esprit. Bastien a pris sa douche ?

— Il attend son histoire.

Il la retint par le bras.

— J'ai une chose à te dire avant.

— Quoi ?

— Mes collègues des stups ont logé le domicile de ton ex. Ils l'interpellent demain, à 6 heures.

— C'est vraiment lui, alors ?

Elle était plus soulagée qu'en colère.

— Le voleur connaissait le code de l'alarme, il savait où chercher. Ton gars est couvert de dettes, prêt à tout. Ça se tient.

Elle resta immobile. Il la serra fort.

— Jamais plus personne ne te fera du mal.

42

Isabelle acheva son footing et regarda le ciel en grimaçant. Toujours cette putain de flotte.

Un homme vint à sa rencontre, c'était Jérôme. Son blouson était tout trempé.

— Toi, tu n'es pas là par hasard, fit-elle en souriant.

— Tu ne répondais pas à mes SMS, alors, je suis venu te chercher.

— Comment m'as-tu retrouvée ?

— Tu m'as dit courir tous les mardis après le service. Eh bien, tu n'as pas remarqué qu'en remontant le quai vers le centre-ville, tu empruntes le trottoir au pied des marches de la butte Sainte-Anne… et que mon musée se trouve au sommet ? J'ai une vue plongeante sur la route depuis la salle des cartes. J'étais avec des scolaires quand j'ai aperçu ta belle allure.

— Tu m'as simplement vue passer et tu as laissé ton boulot en plan ?

Elle n'en revenait pas qu'un homme puisse faire une chose pareille.

— J'ai juste eu le temps de choper mon manteau et d'enfourcher mon vélo pour te rattraper. J'ai des collègues compréhensifs !

Elle lui prit la main et ils traversèrent le boulevard des Nations-Unies, en quête d'un bar.

*

Le long du parking, les Nigérianes squattaient les abribus, et les places se monnayaient cher. Silhouettes filiformes, derrières convexes et chevelures muscade. Les filles contrastaient avec les passants au teint crayeux, pressés de rentrer chez eux.

Veluska tapinait à distance, cinglée par les bourrasques.

Depuis que des voisins avaient prévenu la police municipale, le secteur de la jeune femme était devenu invivable. Tant pis pour les coups de talon et les gifles des Sahéliennes ; elle s'était rapprochée, en quête des faveurs d'automobilistes peu portés sur le bois d'ébène.

Elle était transie et s'entendit pousser un soupir de soulagement quand une berline se gara à sa hauteur. Un type, ventru et mal rasé, baissa la vitre.

— Monte.

À l'intérieur, ça sentait le cuir neuf. Il y avait du chauffage. *C'est le dernier, et après, je rentre me pieuter*, songea-t-elle.

— On paye d'avance. Tu veux que je te suce ? C'est quarante euros.

Le gars lui tendit deux billets graisseux.

— T'as qu'à rouler jusqu'aux anciens docks, à Chantenay. C'est tranquille.

La voiture s'enfonça dans le trafic en direction de l'ouest.

Veluska mit le sac sur ses genoux et rangea délicatement l'argent. Elle descendit le pare-soleil pour voir si son maquillage n'avait pas trop coulé sous la pluie. Dans le miroir, un type moustachu la fixait de ses yeux sombres.

Elle poussa un cri et sa main droite effleura la portière.

— Ne bouge pas ! fit une voix avec un accent caractéristique. Un battoir agrippa sa natte et la tira en arrière. Elle sentit une chevalière qui lui griffait le cuir chevelu.

— Si tu brailles, j'te pointe ! fit le costaud derrière elle. La ligne froide d'une lame se posa sur sa gorge.

Au volant, le « client » ne cillait pas.

*

Pajole enfila son imperméable ; il jeta un dernier regard dans son cabinet et ferma à clef.

Dans le palais de justice, les couloirs étaient déserts. Sa silhouette altière traversa la salle des pas perdus et sortit se mêler à la nuit grise. Il fixa un bref instant les lumières des voitures sur le quai de la Fosse.

L'une d'elles, à peine plus brillante que les autres, filait vers le périphérique. Les phares dépassèrent les hangars à bateaux et les camps gitans près de la déchetterie. Des braseros, une fumée épaisse et toxique montait droit dans le ciel.

La bagnole emmenait Veluska hors de la ville.

Elle ne connaissait pas ces hommes.

Elle savait juste pour qui ils travaillaient.

PARTIE II

LES FILLETTES DE PARK STREET

1

L'immeuble se trouvait au fond d'une rue peu fréquentée, à quelques encablures de la Loire. Dans une friche industrielle voisine, les usines dégageaient un sentiment de tristesse et d'abandon. Un square était envahi d'herbes et de bouquets d'orties. Les hangars d'une zone de carénage étaient fermés par de hautes grilles et de lourdes chaînes. Tout le quartier rappelait Prypiat, la ville ukrainienne fantôme évacuée après la catastrophe de Tchernobyl.

L'objectif était l'hôtel du Fleuve : une bâtisse défraîchie tenue jadis par un marchand de sommeil. Durant des années, il avait fait ses choux gras des familles immigrées que lui envoyaient les services sociaux peu regardants. L'année dernière, un incendie s'était déclaré au rez-de-chaussée. Grâce à l'opiniâtreté d'un journaliste, des articles avaient levé le voile sur le sordide quotidien du galetas ; les autorités avaient déclenché une enquête. Le gérant avait été condamné, les locataires relogés par la mairie.

L'immeuble était toujours debout. Un autre Thénardier avait pris le relais. Devenu point de chute d'une filière de sans-papiers, puis borgne, l'hôtel avait dû renoncer à ses activités à cause des chiens errants qui effrayaient la clientèle. La plupart appartenaient à des zonards, chassés du centre-ville par la police municipale. Livrées à elles-mêmes, les bêtes s'étaient repliées dans le quartier. Elles montaient parfois dans les étages : on déplorait plusieurs attaques et des cas d'échinococcose.

Couché sur le toit d'un édifice, face à l'immeuble, Hugo inspectait la façade et la cour. Au bout d'un moment, il prit sa radio ACROPOL et dit : « Trois clebs devant l'objectif, des gros. Des American Staff, je crois. »

À cent mètres, dans une bagnole garée le long du boulevard, Christian Charolle répondit laconiquement, puis se tourna vers le juge, qui bâillait à l'arrière. Il y avait aussi deux fourgons remplis de fonctionnaires en tenue et l'équipe cynophile, qui comptaient les clous de la porte.

— Les toutous sont bien là, monsieur, on y va ?

— Qu'en pensez-vous, commandant ?

— Trois, c'est beaucoup, mais ça pourrait être pire. Je ne peux pas garantir qu'on les conduira tous à la fourrière. La sécurité de mes hommes passe en premier.

Le magistrat esquissa un geste.

— Si vous laissez quelques clébards sur le carreau, je confirmerai votre version des faits ; personne ne vous cherchera des noises. Un confrère m'a dit que ces bêtes font régner la terreur dans le quartier. Il paraîtrait que les vieux habitants des HLM environnants se seraient équipés de répulsifs à ultrasons, uniquement pour aller faire leurs courses !

J'ai eu l'occasion de lire un rapport de la police

municipale : les samedis soir, des adolescents se retrouvent sur les toits pour canarder les chiens avec des carabines à plombs. Les molosses conservent des éclats dans leur chair et les plaies se gonflent de pus. Forcément excités par la douleur, ils deviennent plus agressifs encore. Il est temps qu'on nettoie ce foutoir.

Charolle sortit de la voiture et se dirigea vers les collègues de la compagnie départementale d'intervention. Les gradés de la cynophile se tenaient près d'eux, avec leur casque à visière et leur lasso. Un gardien avait son fusil à pompe dans les mains, un autre un bélier pour ouvrir les portes.

Le chef du groupe crim rassembla les fonctionnaires en demi-cercle.

— Selon les informations données par la mairie, il pourrait y avoir une dizaine de chambres. Vous avez la photo de notre suspect : Jamak Sunsi, d'origine indienne. Ne vous emmerdez pas avec les « locataires ». Il faut qu'on tombe tout de suite sur sa piaule, sinon, il est fichu de se barrer par les toits. Je ne veux pas de bavures.

Charolle regarda sa montre : 6 h 10.

— Allons-y !

Dans le hall de l'hôtel, une pancarte couverte de graffitis annonçait : « DANGER AMIANTE ». La cage d'escalier empestait le goémon. Au-dessus de leur tête, des fils électriques dénudés et des canalisations rongées par la rouille s'entremêlaient dangereusement.

Les panneaux – la plupart tenaient à peine sur leurs gonds – volèrent en éclats au milieu des cris.

Dans la cour, deux brefs coups de feu laissèrent un chien baignant dans une mare de sang. Quelques minutes plus tard, deux autres, attrapés au lasso, tournaient rageusement à l'arrière d'un véhicule grillagé.

Au dernier étage, l'odeur de poiscaille se fit plus franche. Au pied d'une prise, des crottes de rats formaient un tas sombre.

Il ne restait qu'une porte, et toujours pas de traces de Sunsi.

L'homme pouvait être armé. Un fonctionnaire donna un coup de bélier et se jeta sur le côté pendant que Bruno et Christian, arme au poing, hurlaient « Police ! » en se ruant à l'intérieur.

Une onde putride, plus épaisse qu'une cloison de parpaings, les stoppa en plein élan.

2

Aux Agapanthes se trouvait une petite bibliothèque construite dans l'ancienne chapelle. À l'exception d'un mur en briques rouges aux accents victoriens, il ne restait guère de vestiges du bâtiment originel, détruit par un incendie au début du XXe siècle. Aujourd'hui, la salle était cossue, avec ses tapis profonds et l'alignement des jolies tables en bois, là où jadis se dressait la nef. Sur les murs, entre deux étagères, des plaques de verre protégeaient les photos en noir et blanc des tableaux sacrés de l'époque, des vitraux et de la belle rosace, avant qu'elle ne vole en éclats sous l'effet de la chaleur.

Michel Ravaud s'était porté volontaire pour distribuer des ouvrages auprès des anciens qui ne quittaient plus leur chambre. Les surveillants étaient habitués à le voir pousser son chariot débordant de bouquins.

Depuis son « évasion », Solange veillait à ce que ses déplacements soient strictement encadrés. Si sortir librement dans le jardin lui était désormais impossible, il disposait d'une latitude pour évoluer au milieu du complexe, là où se trouvait le cabinet de lecture.

Ce matin, Michel venait se ravitailler avant de commencer sa tournée. Dès qu'il entra, il aperçut au fond de la salle désertée une porte entrebâillée. Il connaissait l'écriteau accroché dessus : « Accès réservé au personnel ». Elle menait à un bureau qui servait aux archives de l'établissement. D'ordinaire, la pièce était le royaume d'Adélie Vouvant, la mémoire des lieux. À la suite d'un accident, elle s'était retrouvée avec une carte d'invalidité et cantonnée à des tâches purement administratives. Elle était étourdie, et l'âge n'arrangeait rien à l'affaire. Il lui arrivait de partir déjeuner en oubliant de fermer la porte. Michel y vit une occasion.

Il était midi moins le quart : il restait peu de temps avant qu'on ne le cherche pour le conduire au réfectoire.

On avait fêté Pâques récemment. Dans certaines chambres, on tombait sur des paquets de chocolats apportés par les familles. Certains sachets n'étaient pas défaits. Ils traînaient sur le rebord d'une fenêtre ou se trouvaient rangés dans un tiroir, attendant sagement la date de péremption.

Quelques jours auparavant, l'ancien pilote avait repéré un joli assortiment de douceurs. La boîte appartenait à une pauvre vieille, à demi sénile et diabétique. Il avait profité d'un passage devant sa piaule, en l'absence du personnel, pour chiper les muscadines et les planquer au milieu des ouvrages disposés sur le chariot.

Il ferma la porte de la bibliothèque, laissa son wagonnet et risqua timidement une tête à l'intérieur des archives. L'ordinateur était allumé, ainsi qu'une lampe de bureau. Pas de fenêtres, un parfait cabinet.

Il commença à parcourir les armoires à portes roulantes. Les clefs étaient sur les serrures. Des étiquettes annonçaient « comptabilité », « devis », « documentation »... Il fit coulisser un volant et découvrit des étagères pleines de classeurs et de chemises. La mémoire des Agapanthes et de tous les établissements religieux qui les avaient précédés. Il feuilleta distraitement les dossiers les plus anciens, brunis et craquelés. Les photos des directeurs qui se succédèrent, moustaches ou monocles, des regards sévères et des cravates sombres : tous sortis du même moule ; seuls les premiers étaient en soutane. Des articles de presse permettaient de remonter le temps. En 1944, l'ordre avait sauvé une dizaine d'enfants juifs des rafles.

Michel avait mal aux jambes. Il prit appui sur le rebord du bureau, sans cesser de tourner les pages. Une manchette de *Ouest-France* datant de mars 1972 titrait : « Scandale au sanatorium ». Le journaliste y détaillait les conditions de vie : manque d'eau chaude dans les sanitaires, malades déambulant pieds nus, nourriture périmée. À côté de faits précis, qui donnèrent lieu à une enquête des autorités, diverses rumeurs étaient rapportées. La plus sinistre faisait état de patients psychotiques, rétifs à tout soin, qu'on enfermerait dans les caves de la congrégation. Une nuit d'orage, de gros rats auraient fui les canalisations noyées de pluie pour se répandre dans les sous-sols. Des personnes âgées souffriraient de vilaines morsures.

Michel rangea la chemise et tendit l'oreille. Il crut percevoir le feulement d'un climatiseur. Dans la bibliothèque, nul bruit. Il fallait se dépêcher.

Une autre armoire contenait les copies de dossiers individuels. Voilà ce qu'il cherchait. Il voulait celui de Solange Louzou. Enfin, il le trouva. Il n'était sûrement pas complet, mais il vit plusieurs feuillets, des tampons et certificats délivrés à l'occasion de ses précédents postes. Un curriculum aussi, et plusieurs photos, prises à des époques différentes. Elle n'avait jamais été belle. Toujours ces petits yeux inquisiteurs, dépourvus de chaleur, le menton carré, la chevelure épaisse et noire et l'esquisse de cette poitrine énorme : des seins prêts à jaillir d'un corps tout renflé. La seule vue des images lui soulevait le cœur.

Il remit grossièrement les pages dans le dossier, et glissa le tout sous son peignoir.

Au même instant, derrière lui, la porte s'ouvrit à la volée.

3

Pajole, perplexe, regarda le masque que lui tendit le policier. La pièce de vie, sous les combles, occupait tout l'espace. Il n'y avait guère d'isolation. Par endroits, on devinait l'enfilade des tuiles. Le magistrat s'avança précautionneusement au milieu des techniciens en combinaisons blanches. Les hommes formaient une haie d'honneur qui convergeait vers la chose située au centre. C'est d'elle que sortaient les mouches qui bourdonnaient au-dessus d'eux.

Une silhouette, pareille à une momie, était ligotée dans un fauteuil sans roulettes. Du ruban adhésif recouvrait sa bouche. Le corps, nu, était parsemé de taches sombres et de plaies. La vermine s'était chargée des yeux, les insectes nécrophages allaient et venaient dans tous les orifices naturels.

Hugo en avait terminé avec ses clichés. Fabrice Gautier, le légiste, était accroupi devant le cadavre, examinant ce qui restait des genoux.

Il gratifia le magistrat d'un bref sourire.

— La victime doit avoir dans les soixante-dix ans ; elle est attachée aux chevilles et aux poignets par des bouts de tissu. Elle a tellement tiré dessus que les liens ont abrasé la peau. Le vieillard a été torturé à l'aide d'une lame. Je pense que ça a duré un moment. Les traumas sont *ante mortem*. Pour finir, les rotules ont été littéralement vrillées. Par une perceuse, j'imagine. On relève des projections de sang et de matières osseuses à deux mètres à la ronde. Le supplicié est décédé d'une hémorragie massive. Sous l'effet de la douleur, il a dû tomber en syncope.

— À quand remonte la mort ? demanda Pajole.

— Une semaine, peut-être deux. Nous sommes en hiver, sous le toit : la chambre est une glacière ; le processus de décomposition est ralenti.

Charolle enfila une paire de gants en stretch et souleva des boîtes de pizza graisseuses qui s'entassaient dans un coin.

— Vous trouvez quelque chose, commandant ?

L'autre se retourna.

— Il y a un sacré souk, je crois que la pièce a été fouillée. La couette du lit est toute lacérée, le tortionnaire a utilisé une lame pour se confectionner des liens. Hugo m'a désigné une trace de semelle exploitable, près de la fenêtre. Il est parti chercher son matériel. Concernant l'enquête de voisinage, elle débute à peine, les occupants se sont presque tous fait la malle. Ceux qui restent ne parlent pas français. J'ai remarqué, à l'étage en dessous, des bougies parfumées dans le couloir. Sans doute pour contrer l'odeur de putréfaction. Évidemment, personne n'a jugé bon d'avertir les pompiers.

— Et le gérant de ce trou à rats, où est-il ? demanda Pajole.

— On s'efforce de le trouver.

Hugo Esservia installa sa valoche dans le fond de la pièce. Il avait conservé son masque. Au pied du chambranle, il scrutait une empreinte auréolée de poudre rouge.

Il sortit une feuille en aluminium et l'étala avec application sur l'indice. À l'aide d'une bobine haute tension qui émettait un courant alternatif, il créa un champ magnétique qui colla les particules écarlates sur la feuille. Hugo prit soigneusement la semelle en photo. À l'aide d'une spatule, il récupéra un peu de matière qu'il plaça dans une éprouvette. Il mit tout sous scellés.

Pajole le regardait faire.

Le brigadier brandit la feuille dans son sachet plastique.

— Si cette substance pulvérulente est du phosphore rouge et si la semelle est de taille 41, on peut raisonnablement affirmer que l'auteur de cette boucherie est le même que celui qui a carbonisé Ajita !

Le magistrat opina en souriant.

— N'oubliez pas de relever les mensurations du mort, c'est peut-être lui, l'inconnu aux chaussures Nike.

*

Devant l'immeuble, la brigade cynophile achevait de sécuriser les environs. Des irréguliers de l'hôtel répondaient aux questions des enquêteurs, le fourgon des pompes funèbres manœuvrait au milieu des flaques grises.

Pajole croisa les bras et fixa un moment le sol détrempé. Isabelle éteignit sa radio pendant que Charolle notait quelque chose dans un carnet. Bruno venait de les rejoindre.

— Qu'est-ce que tu as sur ton manteau ? fit-il en examinant la capitaine.

Elle fronça les sourcils en tournant une manche.

— Merde, j'ai dû me tacher en passant à côté du macchab. Je suis bonne pour le teinturier !

Le juge glissa les mains dans les poches de son vieil imperméable.

— Qu'avez-vous trouvé ?

— L'identité du mort. Malgré son état de putréfaction, je crois qu'il s'agit de Sunsi.

Pajole pesta.

— Notre principal suspect se fait liquider, qu'est-ce qui nous reste maintenant ?

— La piste de la drogue, répliqua Bruno.

— Comment cela ?

— Les blessures de Sunsi aux genoux, c'est signé. Je ne connais qu'un bonhomme capable d'un truc pareil : le Scorpion. Un chef de gang à la tête d'un labo clandestin. La brigade des stups le cherche depuis des mois, en vain. Ces derniers temps, on a déjà eu un dealer expédié à la perceuse. L'enquête est en cours.

— Tout ça nous entraîne bien loin de notre maison de retraite, grinça Pajole. Je vais devoir demander au parquet général d'étendre mes investigations.

— Et si on accueillait les stups dans la boucle, pour avancer plus vite ? fit Bruno. Ils s'apprêtent à interpeller un complice du Scorpion. S'il leur balance le domicile du Serbe, on lui mettra les pinces avant même que votre fax n'atterrisse sur le bureau du ministère public.

Pajole pencha la tête.

— Mettez-moi en rapport avec vos collègues.

4

L'infirmière Monglin se tenait devant lui, bras croisés, la mine sévère.

— Pouvez-vous me dire ce que vous fabriquez dans ce bureau, monsieur Ravaud ?

Passé l'instant de stupeur, le vieux se ressaisit.

— J'ai vu que c'était ouvert, je voulais faire une surprise à Adélie.

Il désigna du doigt le sachet de truffes au chocolat qu'il avait posé sur le bureau. Elle, parcourait la pièce avec suspicion.

— Dépêchez-vous d'aller rejoindre les autres au réfectoire ; je ne veux plus jamais vous trouver dans des bureaux interdits aux résidents, c'est compris ?

Durant l'après-midi, il avait lu attentivement le dossier. Il n'était pas complet, l'intégralité devait se trouver au secrétariat. Mais pouvoir l'explorer était déjà une victoire.

Qui était cette femme ? Une célibataire sans enfants. Des études courtes, un CAP d'esthéticienne puis un virage vers le concours d'infirmière. Ensuite, une série d'affectations assez brèves dans des hôpitaux. Il y avait plusieurs lettres de recommandation dans le dossier, toutes dithyrambiques. Autant de louanges pour une infirmière qui restait si peu de temps en poste ? Michel n'y voyait qu'une explication logique : on se débarrassait d'elle en favorisant son départ. Qu'est-ce qui clochait donc, chaque fois ?

Une ligne de son curriculum précisait un poste de six mois dans une unité de soins en milieu pénitentiaire : un établissement pour femmes de la région lyonnaise. C'était en 1996.

Michel ne put s'empêcher de ricaner, il voyait le tableau : une frustrée, dominatrice et sadique, qui vivait une relation pathologique avec les hommes. Peut-être souffrait-elle d'un père absent ? Pourquoi cette courte responsabilité en prison ? Il avait besoin d'en savoir plus.

C'est une voisine de chambrée, quelques jours plus tard, qui lui offrit ce qu'il cherchait. Elle avait la chance de recevoir Internet depuis son ordinateur, un privilège réservé aux résidentes qui avaient encore toute leur tête. Une webcam lui permettait de garder le lien avec ses enfants, installés à l'étranger. Pendant qu'elle faisait chauffer du thé, Michel entra les mots « prison », « Lyon » et « Solange Louzou ». Il ne trouva rien de prime abord ; en enlevant les références de l'infirmière, un article daté du 16 juin 1996 apparut.

« *Infirmière séquestrée douze heures dans une prison pour femmes de Rhône-Alpes.*

« C'est un peu avant 17 heures, mardi dernier, que plusieurs détenues de l'annexe psychiatrique de la maison d'arrêt de Lyon ont pris en otage une infirmière. Elles entendaient protester contre divers sévices que la soignante leur aurait infligés, évoquant, dans une lettre remise au directeur de l'établissement, "des brimades quotidiennes, des coups de pied et de poing et l'usage fréquent et injustifié de tranquillisants administrés par injection". Toujours selon les propos des insurgées, dans une des cellules du bloc ouest, S.L. aurait été surprise en train de dévêtir une jeune prisonnière dans le but de se livrer à des attouchements. La direction affirme que des sanctions seront prises contre les mutines, mais qu'une enquête administrative a également été ouverte. »

Michel imaginait sans mal ce que les taulardes, pourtant endurcies, avaient dû endurer. Ce dont elle serait capable avec un vieux débris comme lui ; un vioque qui n'intéressait personne et dont la disparition n'alarmerait aucun proche.

Pour la première fois depuis longtemps, Michel Ravaud eut peur.

5

Depuis l'une des tours du quartier – dans un appartement inoccupé qui leur servait de planque –, les hommes de la « colonie » profitaient d'une vue imprenable sur la zone : le kebab, le bureau de poste et la supérette. C'est le bas du donjon HLM nord qui les intéressait, une galerie reliant les caves de l'immeuble débouchait droit dans leurs jumelles. À cette heure, seuls les dealers étaient assez fous pour se risquer sous terre. Selon leur indic, des jeunes avaient abattu une cloison entre deux réduits pour y installer un tripot avec canapés, narguilés et chaîne hi-fi. L'endroit était interdit aux filles, à l'exception de celles « conviées » pour une tournante.

Dans les sous-sols se déroulaient parfois des parties de poker où jouer gros et payer rubis sur ongle était la règle si on ne voulait pas se retrouver amputé d'un pouce à coups de sécateur.

Un peu avant 4 heures du matin, sur le parking de la supérette, à moins de deux cents mètres de l'entrée des caves, la fourgonnette des stups faisait figure de deuxième poste d'observation. Sur ses flancs bosselés, deux affiches magnétiques annonçaient : « SARL Antonio & fils : toute la plomberie et les canalisations de la maison». À l'intérieur, des effluves de sueur et de café froid enveloppaient les trois hommes.

René Caisson bâilla en regardant sa montre. Le pèlerin qu'ils suspectaient d'avoir cambriolé la pharmacie du quartier Chantenay était descendu vers 23 heures; la colonie lui filait le train depuis son domicile. Quand il l'aperçut, titubant au pied de la tour, la lune dessinait un croissant dans le ciel. Il attrapa sa radio et lança:

— À tous, le gazier sort des caves!

Depuis un toit-terrasse, les collègues dominaient les environs.

— OK, espace libre. RAS.

— Il s'approche de nous. Les hirondelles, vous pouvez quitter votre perchoir.

Le type dépassa le sous-marin et fit mine de chercher ses clefs.

Caisson parla sur les ondes:

— On le laisse démarrer et on attend l'occasion. Évitons d'attirer l'attention, des clients risquent de s'échapper des caves avec l'artillerie qui va bien.

Le suspect prit la direction du centre-ville. Les feux rouges ne l'embarrassaient guère. À l'entrée d'un boulevard, il marqua l'arrêt.

La camionnette des stups pila pendant qu'une 207 du service doublait pour se garer en travers de la voie. Le chauffeur n'eut que le temps de voir trois énergumènes brandir des flingues derrière son pare-brise avant d'être éjecté du véhicule et couché sur la chaussée.

Un malabar lui planta son genou dans le dos pendant qu'un autre lui passait les bracelets.

Traîné sans ménagement sur le trottoir, il se retrouva

assis pendant qu'un type à la barbe rousse s'assurait qu'il ne portait pas d'arme. Il siffla en sortant un surin à la lame respectable.

— Et ça, John, c'est pour chasser le cerf?

Le type revenait lentement à la réalité.

— Pour me défendre.

— Qu'est-ce que tu foutais dans les caves de la cité ?

Avant que le menotté ne réponde, un gardien de la paix rejoignit Caisson et exhiba deux boîtes d'antigrippaux trouvées près du siège passager.

— J'imagine que tu n'as pas de facture ?

Caisson regarda sa montre.

— Il est 4 h 30 : tu es en garde à vue.

Les papiers dans sa poche étaient au nom de Georges Bornan.

6

Bruno posa sa tasse de café sur la table et déclina l'assiette de biscuits que lui tendit René. Il leva la tête vers la glace sans tain. Derrière, apathique et courbé sur sa chaise, Georges Bornan fixait ses menottes.

— Il s'agit bien de l'ancien mari de ton amie, fit le chef du groupe stups. On a tapé son domicile ce matin. La pêche a été bonne : saisie de boîtes de médicaments. Il faudra qu'on entende Marianne pour voir si les échantillons proviennent de son stock.

— Pas de perceuse nettoyée à l'eau de Javel ?

René sourit.

— Non, ni seringue d'ailleurs. Mais il y a une chose que je veux te montrer.

Le commandant ouvrit une enveloppe kraft et fit sortir une photo. Un carton frappé d'un sceau de justice à la cire rouge surmontait la mention manuscrite : « Scellé numéro CINQ ».

Le cliché était celui d'un petit garçon dans une cour d'école.

Bruno fronça les sourcils.

— On dirait qu'il espionne son gosse. Ce type est timbré.

— C'est ce qu'on a pensé au début. Pourtant, durant

sa deuxième audition, Bornan a été confronté à l'image trouvée sur son bureau. Son visage s'est littéralement décomposé. Ce n'était pas un jeu d'acteur, crois-moi. Il nous a raconté que quelqu'un lui a envoyé la photo par la poste. Une sorte d'avertissement, genre : « Tiens-toi à carreau, sinon on s'occupera de ton rejeton. »

— Un message du Scorpion ?

— Chaque fois qu'on a utilisé ce mot, Bornan s'est fermé comme une huître. Il est comme tous les autres, pété de trouille.

— Qu'allez-vous en faire ?

— C'est au parquet de décider ; je pense qu'il va s'en tirer avec une convocation devant le tribunal. On peut toujours lui faire les gros yeux en lui demandant de foutre la paix à son ancienne femme. Je ne vois pas ce qu'on peut faire de plus. Il nous reste le téléphone. On cherche à identifier ses interlocuteurs. Peut-être trouvera-t-on un homme du Serbe dans la liste ? Quant au disque dur, on a remarqué l'usage d'un logiciel de chiffrement, c'est louche. Espérons que le mec ne collectionne pas les images pédophiles.

— Il n'a rien lâché ?

René se pencha vers Bruno.

— Je te fais une confidence, mais c'est « *off the record* », OK ?

— Évidemment.

— À la fin de l'audition de Bornan, on a coupé l'enregistrement vidéo, comme le prévoit la loi. Alors, il m'a avoué ce qui le rongeait. S'il signait quoi que ce soit mentionnant le Scorpion, il était mort. Qu'il se trouve en prison ou ailleurs.

— Donc, il est bien en rapport avec lui !

— Hors interrogatoire, Bornan s'est montré plus bavard. Ton bonhomme a contracté de grosses dettes de jeu auprès d'un loustic qui est en cheville avec notre objectif. Pour une raison inexpliquée, le créancier de Bornan lui a refourgué la liste de tous ses débiteurs. Comme tu l'imagines, le Scorpion a liquidé les passifs à sa manière. En ce qui concerne Bornan, le Serbe acceptait de passer l'éponge sur ses impayés en échange de services. Se procurer des antigrippaux pour confectionner des amphétamines en était un.

Bruno but le reste de son café froid.

— Le gosse de Bornan, c'est aussi celui de Marianne. Ça me ronge de savoir que ce cinglé de Serbe l'a dans le collimateur. Bastien est vraiment en danger.

René fixa Bruno d'un air grave.

— Tu dois faire quelque chose.

7

Vanneck sortit du palais de justice. Il ne tarda pas à trouver Pajole, accoudé à la passerelle qui enjambait la Loire. De loin, l'homme semblait perdu. Le vice-procureur arriva à sa hauteur.

— Vous avez le chic pour choisir vos endroits, monsieur le juge. Le téléphone, c'était trop compliqué ?

Le ton était aigre.

— Je reste toute la journée assis dans mon cabinet, j'avais besoin de prendre l'air. Et puis, c'est un prêté pour un rendu après votre invitation à bord du *Nantilus*.

— Qu'aviez-vous donc de si important à me dire ?

Pour toute réponse, Pajole présenta un cliché tiré d'une scène de crime.

Le parquetier fronça les sourcils.

— Qui est ce type ?

— Jamak Sunsi, l'Indien que nous cherchons depuis des jours : le témoin principal dans le meurtre d'Ajita. On a retrouvé sa dépouille putréfiée dans un bouge, près des hangars à bateaux. Ça nous fait deux victimes au compteur, et un seul et même tueur, qui sait ?

— Il n'a pas brûlé, celui-là.

— Mais le lien entre les deux décès est patent. D'abord, une empreinte digitale provenant de son index droit a été retrouvée sur un galet ramassé derrière la maison de retraite. Les policiers pensent que Sunsi communiquait avec Ajita au moyen d'une écriture codée, comme le feraient les mafiosi. Mais j'ai gardé le plus troublant pour la fin. Il y a des traces de torture sur son corps. Ses genoux, forés à la perceuse, sont la marque de fabrique d'un chef de gang qui contrôle toute la prostitution africaine de Nantes ; on le soupçonne également d'être à la tête d'un trafic d'amphétamines. Le méchant est de nationalité serbe ; son surnom est « Scorpion ». On pense qu'Ajita n'était pas la respectable et innocente pensionnaire qu'elle donnait à voir. L'implication du Serbe dans la mort de son compagnon de route le confirme. Nous sommes probablement au cœur d'un conflit entre bandes rivales pour le contrôle d'un trafic.

Vanneck s'accouda à son tour au garde-fou.

— Mais le tueur alors, de qui s'agit-il ? Sunsi était votre principal suspect !

— C'est là toute la question, sourit tristement Pajole en fixant les eaux brunâtres. Je vais demander au parquet la délivrance d'un réquisitoire supplétif pour des faits d'homicide volontaire précédés d'actes de torture et de barbarie.

— Hum, vous êtes optimiste.

— Pas le moins du monde. Je n'ignore pas que Marceau a beaucoup d'amis au sein du ministère public. Il me déteste tellement qu'il est fichu d'intercéder pour qu'on me refuse le supplément d'instruction.

— C'est pour me conter vos misères que vous avez souhaité me rencontrer ?

— J'ai besoin que vous relayiez ma demande. Je vous ai exposé les faits, mes déductions et l'orientation que je donne à mon enquête. C'est en touchant le Scorpion qu'on rebondira sur Ajita.

Vanneck était troublé.

— Si vous remontez la piste du Serbe, vous suivrez le chemin de la drogue, donc de l'argent. Vous n'avez aucune idée où cela pourrait vous conduire.

— Ce n'est pas une raison pour s'arrêter en si bon chemin.

— Oh, ne me faites pas le coup du chevalier blanc ! Vous voulez surtout emmerder Marceau. Figurez-vous que je souhaite que cette enquête aboutisse, tout comme vous.

Pajole lui saisit le bras.

— Alors aidez-moi, s'il vous plaît. Personne n'en saura rien.

8

Charolle ouvrit l'enveloppe et sortit la photo jaunie. Elle représentait un groupe d'Indiens, la plupart armés, qui entourait un homme assis et richement vêtu. Derrière eux, un drapeau avec d'étranges symboles. Le cliché pouvait dater des années soixante. Il y avait aussi un billet, griffé d'une écriture malhabile. On pouvait lire : « Un homme de couleur traîne dans les chambres. »

Le commandant regarda Isabelle.

— Tu dis que le teinturier a trouvé cette enveloppe dans ton manteau, que quelqu'un l'avait donnée à ta mère à ton intention ?

— Oui. Avec sa maladie, elle est incapable de se souvenir du corbeau. Ce n'est pas une solitaire, beaucoup de monde peut lui avoir confié ce mot ; un membre du personnel a très bien pu le laisser en évidence sur son bureau sans lui en parler. La seule chose certaine, c'est qu'il m'est adressé.

— On veut nous mettre sur une piste, mais qui, et laquelle ?

— Pas la direction de l'établissement, en tout cas.

— Je vais signaler notre découverte au juge, dit Charolle.

9

Bruno rejoignit Marianne dans le salon. Affalée dans le canapé, elle fixait le téléviseur, l'esprit ailleurs. Il vint à ses côtés et lui tendit un verre de savennières.

— Ton ex-mari n'a pas essayé de te contacter, aujourd'hui ?

— Non, souffla-t-elle. Depuis que tes collègues l'ont interpellé, il file droit. Malgré tout ce qu'il m'a fait endurer, je m'inquiète pour lui. Dans quel pétrin s'est-il encore fourré ?

Bruno se garda bien de parler de la photo de son fils dans la cour de l'école.

— Je pense que tu devrais rester ici, le temps que l'enquête avance. Cette affaire va plus loin qu'un simple fric-frac de pharmacie. On ne sait pas exactement qui sont les types qui manipulent le père de Bastien.

Elle soutint longuement son regard.

— Mais, ça ne te dérange pas de nous avoir dans les pattes ? Ce ne doit pas être facile pour toi, tu avais tes habitudes. Une cassos qui déboule comme ça, avec un enfant…

— N'aie crainte, je suis ravi. Grâce à toi, je recommence à me nourrir normalement. C'est une révolution.

Ils sourirent et s'enlacèrent.

Bruno éteignit la lampe de chevet et quitta la chambre. Il percevait le souffle discret de Marianne qui dormait paisiblement. Ce n'était pas son cas. Il tourna un moment dans la cuisine, la tête peuplée de pensées confuses.

Finalement, il prit les clefs de sa voiture et partit dans la nuit. Un quart d'heure plus tard, il remontait le quai de la Fosse et les artères du centre-ville. Il vit les Africaines qui tapinaient près d'une place et décida de se garer en double file.

Une Nigériane s'approcha en tortillant des fesses.

Il abaissa la fenêtre et montra sa carte professionnelle.

— Je cherche Veluska, tu sais où elle est ?

La fille le dévisagea une seconde et tourna les talons sans un mot.

Bruno sortit et rejoignit la raccrocheuse en courant.

— Attends, je t'ai posé une question. Je peux être beaucoup plus désagréable, tu sais !

— Je n'ai rien à dire. On ne l'a pas vue par ici depuis deux jours.

— Tu connais ce Black qui bosse pour le Serbe ? On raconte qu'il vous file le train toute la journée.

— Si je parle, je suis morte. Je préfère que tu m'arrêtes et que tu me colles ton amende.

— De quoi a-t-il l'air ? Où crèche-t-il ?

Elle regarda autour d'elle, inquiète.

— Dans les vingt-cinq, trente ans. Un mec costaud. Je crois qu'il est Sénégalais, il vient de Paname.

Il regagna sa voiture et essaya de nouveau de joindre Veluska sur son portable. Toujours la messagerie.

Elle avait disparu, une fois de plus.

10

Donnadieu avait réuni son équipe pour un point sur l'enquête. Lors de la dernière réunion de police, le préfet l'avait interpellé sur l'avancée du dossier. Personne n'avait été dupe : il piétinait. Heureusement, le juge avait obtenu un supplétif pour le meurtre de Jamak Sunsi. Un retour aux Agapanthes et de nouvelles auditions étaient inévitables.

Le commissaire fit crisser machinalement un reste de barbe en lisant la note rédigée par Farge.

— Sur ce Noir, on n'a vraiment que dalle ?

Bruno prit la parole :

— Nationalité sénégalaise. La consultation des fichiers locaux n'a rien donné. J'ai demandé à la police aux frontières s'ils ont dans l'agglomération des illégaux correspondant au profil, j'attends leur réponse.

— Nous avons une vieille photo adressée à Isabelle par une personne à l'intérieur des Agapanthes, compléta Charolle. Il pourrait s'agir d'un chef de guerre ou je ne sais quoi. J'ai proposé au juge Pajole qu'on saisisse l'unité SCOPPOL[1] à la division des relations internationales. Il faudrait aussi interroger l'attaché de sécurité à l'ambassade de France de Bombay. La police indienne connaît peut-être ce bonhomme : il a un physique particulier. Et puis, tant qu'à rameuter SCOPPOL, demandons-leur quelque chose sur le Scorpion. Il doit bien apparaître quelque part, il ne s'est pas réfugié en France par hasard.

Le commissaire Donnadieu conclut la réunion.

— Filez à la maison de retraite et tâchez de la sonder jusqu'au trognon. Je ne veux pas de vagues. Une main de fer dans un gant de velours. Et de grâce, rapportez-moi quelque chose de concret !

1. Unité de la direction centrale de la police judiciaire facilitant les échanges de la police et de la gendarmerie avec les institutions chargées de la coopération policière internationale : Interpol, Europol, Schengen…

11

Ce matin, Michel sentait qu'il régnait dans le couloir une agitation inhabituelle. On chuchotait derrière sa porte, quelque chose se tramait. Solange était venue lui faire sa piqûre plus tôt que d'ordinaire. Il avait résisté, comme toujours. Et, comme à l'accoutumée, elle avait fini couchée sur lui, l'étouffant sous ses bourrelets. Une fois immobilisé, elle lui avait injecté l'aiguille scélérate.

C'était l'affaire de quelques minutes avant que le produit ne l'engourdisse. Derrière la vitre, il voyait un bout du parc et ces types avec des brassards qui interrogeaient les filles en blouses blanches. Il aurait voulu ouvrir la fenêtre, leur dire qu'il était là, qu'ils n'avaient qu'à prendre l'escalier principal, tourner à gauche et se présenter au digicode du quartier médicalisé. Quelqu'un les mènerait vers sa chambre.

Mais la glace était bien épaisse et la chimie annihilait ses forces.

Il se laissa glisser au pied du mur et se recroquevilla sur lui-même, le corps secoué par des sanglots.

12

Le gérant des Agapanthes était engoncé dans son fauteuil, les bras croisés et la mine des mauvais jours. Il avait choisi le silence pour afficher sa réprobation. En face de lui, Pajole et le commandant du groupe criminel tournaient précautionneusement les feuilles posées en tas, sur le bureau.

— La liste du personnel est bien complète ? Vous n'avez pas omis d'intérimaires ou d'infirmières stagiaires ?

Le juge d'instruction fixait Dupré.

— Tout est là, maugréa le directeur.

La minute suivante, on frappa à la porte. Dupré se hâta d'ouvrir. Un inconnu à la chevelure fournie, costume sur mesure de Savile Row à Londres, montre en or et accent méridional, entra avec assurance. Les deux hommes se saluèrent avec affection.

— Je vous présente maître Carierra, mon conseil.

L'avocat s'adressa au juge d'un air grave.

— Que reproche-t-on à monsieur Dupré ? Je demande à consulter le dossier.

Pajole s'agaça de cette remarque.

— Monsieur Dupré n'a pas été mis en examen. Vous n'avez aucun droit de regard. Mais puisque vous êtes désireux de justifier vos honoraires, patientez donc dehors. En cas de perquisition, vous serez notre premier témoin.

— J'exige d'assister à l'audition de monsieur Dupré.

— Vous n'avez rien à exiger ! Si j'ai besoin d'entendre votre client sur procès-verbal, je convoquerai ma greffière. Je vous prie de nous laisser, maître.

Carierra quitta le bureau.

La nervosité de Dupré était palpable.

Pajole prenait sur lui-même. Ses mains tremblaient imperceptiblement.

— Pas de Noir dans votre équipe, alors ?

— Non, monsieur le juge. Mais nous sommes ouverts à la diversité : Françaises d'origine maghrébine et même…

— Ce n'est pas ce qui nous importe, vous le savez bien ! siffla Pajole. J'ai une dernière requête : la liste des infirmières affectées aux chambrées, tous services confondus, de jour comme de nuit.

En gagnant la sortie, sans un regard pour Carierra qui devait régler quelque affaire par téléphone, Pajole se tourna vers l'OPJ.

— Si le message anonyme adressé au capitaine Mayet a deux sous de vrai, le personnel a forcément remarqué quelque chose d'inhabituel. Débusquez-moi un témoignage, commandant. Celui dont je rêve.

*

Solange Louzou se rendit à la cuisine. Sa mine était trouble.

Un homme à mi-vie, boucle d'oreille et chemise

béante sur un torse de grizzli, nettoyait des courgettes à grande eau. Quand l'infirmière entra, il la fixa et ses yeux s'étrécirent.

— Que se passe-t-il ?

— La police, et ce juge : ils interrogent les collègues. Ils cherchent le jeune Noir !

Il éteignit le robinet et s'essuya les mains.

— Et alors ?

— Mais enfin, tu sais ce que ça implique. Ils vont tout découvrir !

À ces mots, il se dirigea vers elle et la toisa avec autorité. Elle recula.

— Écoute-moi bien. Tu m'as dit qu'ils ne questionnaient que le personnel soignant, calme-toi. Tu n'as jamais vu d'homme de couleur dans l'établissement, tu m'entends !

Solange eut un geste craintif. L'espace d'une seconde, elle s'était demandé si Tony n'allait pas la saisir à la gorge.

Après l'avoir quittée, il s'accouda sur le plan de travail et baissa la tête. Il prit son perfecto accroché au mur et sortit son téléphone d'une poche. Pendant une dizaine de minutes, il fit défiler des photos où un jeune Africain, nu, adoptait des positions suggestives. Sur certaines, à l'arrière, on devinait le mobilier de la cuisine des Agapanthes : un buffet ou une plaque de cuisson. Tony poussa un soupir douloureux et effaça un à un tous les portraits de la mémoire de son mobile.

13

Adèle mit un morceau de sucre dans sa tasse et la serra entre ses paumes. Elle sentait la chaleur qui ruisselait entre ses doigts. Son visage était fripé, et sa tête recouverte par un foulard. Il masquait une calvitie étendue. Au centre de la pièce, des policiers interrogeaient des infirmières et relevaient des identités. Elle n'y voyait plus très bien, mais elle était loin d'être sourde. Dans un coin, Claire Mayet parlait avec sa fille. La jeune femme était penchée et prenait des notes.

Une ombre passa, elle reconnut la capitaine.

Elle venait la questionner sur sa propre mère.

Adèle évoqua tout de suite Michel, son « cher aviateur ».

Isabelle se frappa le front.

— Michel ! Bien sûr, ma mère a demandé de ses nouvelles la dernière fois que je l'ai vu. Pourquoi ne m'en a-t-elle pas parlé aujourd'hui ?

— Claire est fatiguée en ce moment, sa tête déraille plus que d'habitude.

— Oui, fit tristement Isabelle, ça ne s'arrange pas. Adèle, vous permettez que je vous appelle par votre prénom ? J'aimerais savoir une chose : Michel et maman se connaissent bien ?

— Je crois qu'on peut le dire.

*

Face au juge, Dupré, flanqué de maître Carierra, jeta un coup d'œil au dossier médical de Michel Ravaud et le referma d'un geste irrévocable.

— Ce résident, je devrais dire ce « patient », souffre de troubles délirants à tendance paranoïaque. Il est actuellement dans l'aile médicalisée de notre établissement. J'ai sous les yeux l'avis de notre médecin psychiatre. Ses conclusions sont claires : le pensionné n'est pas en mesure d'être entendu. Vous m'en voyez navré, monsieur le juge.

Pajole ouvrit sa sacoche et sortit un article de *Presse Océan*. Il pointa le titre aux hommes qui le défiaient : « Un retraité joue la fille de l'air et manque de gagner l'Angleterre par avion ».

— Pour un débile psychotique, vous conviendrez qu'il a de la ressource. Ce n'est pas si facile de s'évader d'un édifice fermé la nuit, de marcher des kilomètres sur les routes, en plein hiver, et de faire décoller un coucou sans l'aide de personne. J'ai toute ma tête, enfin je crois, et j'aurais bien du mal à accomplir l'exploit de votre « patient ».

Dupré ne répondit rien. Pajole renchérit :

— Ce psychiatre dont vous me parlez, c'est votre gériatre, Félix Gardon ?

Cette remarque fit perdre un peu de contenance à Dupré.

— Oui, en effet.

— Eh bien, il appartient à l'instruction seule d'apprécier si des personnes souffrant de troubles psychiatriques peuvent être entendues en tant que témoins. Je vais donc prendre la déposition de M. Ravaud.

Dupré jeta un coup d'œil à Carierra, comme s'il guettait son approbation, et se résigna à attraper son téléphone.

Après une courte conversation, il dit du bout des lèvres : « Vous pourrez l'entendre dès demain matin. »

Le petit juge se leva et prit congé.

En lui tendant une poignée ferme, Dupré plongea son regard dans le sien.

Il se jura qu'après ce revers, il aurait sa revanche.

14

Michel enfila doucement ses chaussons et se traîna vers la table où se trouvait le journal de la veille. On frappa à la porte. C'était Corinne, l'aide-soignante, qui apportait son plateau-repas. Ce soir, une entrée de betteraves saupoudrées de persil, du veau grillé, de la purée en flocons et un yaourt.

— Comment allez-vous, monsieur Ravaud ? fit-elle en posant les plats. Vous avez mis votre médaille ?

Il s'efforça de sourire.

— Je m'ennuie. Personne ne vient me voir.

— Je suis là, moi.

— Corinne, vous êtes aux petits soins. C'est quoi, ce boxon, là dehors ?

Le visage de la fille s'assombrit.

— La police procède à des interrogatoires, toujours cette malheureuse affaire. À ce propos, j'ai entendu des choses tout à l'heure. J'étais à la cuisine, en train de réchauffer votre viande. Le chef parlait avec Solange : il paraît qu'un juge veut vous rencontrer demain matin ! Ça vous fera une distraction.

15

Quand il vit Solange entrer dans la chambre, une indicible frayeur le saisit tout entier. Le reflet dérangeant dans les yeux, la façon qu'elle avait de s'approcher de lui et le tressautement de sa bouche, tout ça ne lui disait rien qui vaille.

Il aperçut la trousse qu'elle tenait dans ses doigts boudinés.

L'infirmière se retourna vers la porte et donna un tour de clef, ce que d'ordinaire elle ne faisait pas.

Pour Michel, l'angoisse s'amplifia encore. Mais il ne devait rien en laisser paraître. Il pensa aux filles de la prison qui n'avaient pas baissé les bras.

— Je ne prendrai pas de piqûre, ce soir, dit-il crânement. Je dois parler au juge.

Elle le regarda, étonnée. Un sourire rosse passa sur ses lèvres.

— Avec la dose que je vais t'envoyer dans le châssis, demain, tu baveras comme une loque. Et d'ailleurs, qui peut croire à tes inepties, pauvre toqué ? J'ignore comment les flics ont pu s'intéresser à toi, mais tu as fait assez de mal. Il te faudra deux bonnes journées pour redescendre. Dès lors, ces messieurs de la justice auront cessé de nous emmerder.

Ce disant, elle posa la boîte sur la table et sortit la seringue d'un geste adroit. Elle la planta dans le flacon de neuroleptique et tira longuement sur le piston.

Michel serra les poings. Ses yeux faisaient le tour de la pièce, à la recherche d'une issue. Il pouvait se jeter sur elle, la rouer de coups.

Mais les mains de l'ogresse étaient de vrais battoirs, la moindre claque pouvait le mettre knock-out.

Qu'il résiste donc, devait-elle penser, *je l'étreindrai avec plus de délectation encore.*

Quand la limace écœurante frétillait contre lui, mimant l'accouplement, il hurlait son dégoût. Une paume se plaquait sur sa bouche et l'autre le poinçonnait dans les fesses. Il la sentait haleter sur lui et la rage le disputait à la détresse au fur et à mesure que la drogue se forait un passage dans son organisme.

Solange brandissait la seringue hypodermique. Elle devinait sa révolte.

— Allonge-toi, vieux gibbon !

Si j'obéis, je suis mort, pensa-t-il.

Michel fit mine de se mettre à plat ventre, et sa main droite se referma sur la médaille des déportés ; il la serra comme un ongle de corne.

Solange posa un genou sur le lit, affalant le matelas sous son poids. Avant qu'elle ne l'écrase, il se retourna et planta le poinçon de la décoration dans la joue flasque. Il s'y enfonça et déchira les chairs.

Elle poussa un cri inarticulé et chuta au sol. Michel, indifférent au sang qui coulait, attrapa la lampe de chevet et la brandit aussi haut qu'il put. Il l'abattit sur le crâne de la dracène et le bois se fendit net. L'ampoule explosa au milieu d'une pluie de tessons, tranchants comme des lames de rasoir.

Solange râlait au milieu d'une flaque gluante. Il se leva gauchement, le cœur cognant à tout rompre. Ses pas le guidèrent mécaniquement vers la porte de la chambre. Il tourna la clef et fila dans le couloir, sans un regard derrière lui.

Il y avait des vitres sur les côtés : le crépuscule recouvrait la campagne d'une voilette bleutée.

Les veilleuses l'entraînaient vers l'entrée du secteur. Il la franchissait en compagnie d'une infirmière, chaque fois qu'il allait en promenade. Le code ne changeait jamais. Du coin de l'œil, il avait eu tout loisir de le mémoriser : 5623.

Derrière, le même corridor, avec des teintes plus colorées sur les murs. Michel le longea d'un pas rapide. Il était à mi-chemin quand, au bout, des rires se firent entendre.

Deux silhouettes blanches venaient à sa rencontre.

16

Georges Bornan jeta quelques affaires au fond du sac et tira nerveusement sur la fermeture Éclair. Il attrapa son blouson qui traînait sur une chaise, claqua la porte de l'appartement et dévala quatre à quatre les marches de l'escalier.

La nuit était tombée, la ruelle déserte. Il pressa le bouton de son porte-clefs et la vieille Toyota lui fit un clin d'œil sur le trottoir d'en face. Bornan ouvrit le coffre et y propulsa la musette. Il se verrouilla dans l'habitacle et roula de gros yeux aux alentours. Il sentit le soulagement le gagner quand la voiture s'élança le long de la Loire.

Très vite, pourtant, un bruit se fit entendre à l'arrière, suivit d'un « Clong ! » inquiétant. Dans le rétroviseur, il vit une chose qui rebondissait sur la chaussée. Il se gara en double file, près du quai des Antilles, et fit le tour de la bagnole. Le bouchon du réservoir manquait. Il se rassit, mit le contact et tressaillit en voyant le tableau de bord : il était sur la réserve. Un zonard avait dû le siphonner. Il redémarra et prit la direction de l'A83 qui filait vers Bordeaux. À peine dépassé le CHU Saint-Jacques, la Toyota toussa le long des quartiers sud avant que le moteur ne cale dans un long souffle cacochyme.

Ça ressemblait à tout, mais pas à une panne d'essence. La certitude lui tomba froidement sur les épaules : il n'irait pas plus loin.

Bornan s'assit sur le capot, accablé. Il avait en tête de rejoindre son frère à Bordeaux, de se faire oublier. Maintenant, totalement fauché, il n'était même pas sûr de pouvoir payer le bus.

Tout à son apitoiement, il ne vit pas la voiture qui venait de se garer à quelques mètres. À l'intérieur, deux silhouettes guettaient. Quand il regarda dans leur direction, les phares lui firent mal aux yeux.

Il s'approcha de la bagnole. Un type en bombers kaki clopait. Bornan le reconnut aussitôt.

— Qu'est-ce que tu branles ? dit le mec avec un accent. On t'a vu décamper de chez toi avec ta valise. T'es pressé de partir en vacances ?

Bornan bafouillait.

— On doit causer, monte.

Il s'assit à l'arrière, résigné. Le fumeur le rejoignit sur la banquette. Ils reprirent la route.

— Attendez, et ma caisse !

— T'en fais pas, on te laissera chez un garagiste au retour. Le boss veut te voir en personne. Eh ouais !

— Pour quelle raison ?

— Il te le dira lui-même, tu crois qu'il nous fait des confidences, à nous, les trouducs ? Il sait que les keufs t'ont mis la main dessus et que t'as rien moufté. C'est bien.

Bornan était pétrifié.

Les deux mecs éclatèrent de rire.

— Tu penses que t'es le seul à avoir besoin de fric ? Y a aussi quelques poulets qui touchent aux cartes et qui nous doivent des choses. Le Scorpion sait tout, tu piges ?

Ils prirent le périphérique en direction du nord et le chauffeur parla à son tour. Son accent était encore pire que celui de son acolyte.

— Le Scorpion a un truc à te demander.

— Je croyais qu'on était quittes, fit Bornan d'une voix blanche.

— C'est lui qui décide. Mets-toi ça dans le crâne, crétin ! Mais si tu es obéissant, tout se passera bien. Pour commencer, enfile-moi ça.

Il tendit une cagoule à Bornan qui l'enfila maladroitement.

La toile dégageait une odeur lourde qui évoquait la cage d'un fauve. Dans l'obscurité, le temps n'avait plus prise. Il ignorait quelle heure il était lorsque la berline s'arrêta. On l'aida à sortir.

Il pensa qu'il était quelque part au milieu d'un terrain boueux où s'étalaient de grandes flaques d'eau. Le vent charriait des effluves où se mélangeaient la vieille pierre et les végétations grasses de pluie.

On le poussa dans une salle sans ménagement. Puis, ce furent les barreaux d'une échelle qui se dressèrent devant lui. D'un geste, on l'incita à les gravir. Il sentait dans son dos la fumée piquante d'un cigarillo. Un peu plus haut, Bornan avançait à tâtons sur une passerelle qui vibrait sous leur poids à eux trois. Il trébuchait en cherchant le garde-corps. Par réflexe, il releva légèrement son capuchon. Son cœur manqua un battement : un vide béait droit devant. Plus bas, c'était la gueule noire d'une cuve. Il se retourna aussitôt. La cagoule lui dévoilait une scène à claire-voie. Le type au petit cigare lui barrait le chemin et sa pogne levait quelque chose hors de son champ de vision. Quand le bras s'abattit, il n'eut que le temps d'esquisser un geste de protection. Un choc sourd heurta sa tempe gauche et un bruit de craquement résonna dans tout son crâne. Une douleur fulgurante accompagna l'écoulement visqueux. Il tomba à genou et ses yeux virent le tour du bassin. Il pressa les doigts contre son oreille, sentit la fracture dans l'os et, dessous, une masse chaude et gluante.

Le gars qui le précédait prit appui sur les bords de la passerelle et envoya ses deux pieds dans le thorax de Bornan, qui fut propulsé vers l'avant. Une de ses mains parvint à se raccrocher à l'extrémité du plan pendant que les deux pieds versaient dans la cuve. Les chaussures giflèrent la surface du liquide et des myriades de gouttelettes imprégnèrent le bas de son pantalon. Bornant hurla sous la brûlure.

Sur la plateforme, l'homme s'agenouilla. Il empoigna fermement le manche du marteau et l'abattit d'un mouvement sourd sur la pogne agrippée à la margelle. La langue du malheureux sortit de sa bouche comme un dard en même temps qu'il rugissait. Il lâcha prise et tout le corps bascula dans le réservoir.

Pendant une longue minute, la carcasse gesticula dans l'acide sulfurique. Une odeur abjecte de tissus brûlés remonta vers le haut. Quand le croassement cessa, celui qui jouait du maillet jeta un coup d'œil en bas. Des membres roussis flottaient dans la bassine.

Il leva le pouce à l'intention de son compère et redescendit l'escalier qui menait à l'ancien hall de l'usine. Un tapis de groisil remplaçait les vitres qui jadis formaient une immense verrière au-dessus des machines.

Le Slave ôta ses gants et prit son téléphone. Après une brève discussion, il raccrocha en jurant.

— Qu'est-ce qui se passe ?

— Tout doit disparaître.

— C'est le cas.

— Je lui ai dit, mais il a précisé : rien. Pas même un bout de chaussure.

— Mais qu'est-ce qu'il veut, putain ?

— Qu'on enterre tout dans la forêt.

17

Il n'avait qu'une seconde pour agir, il ouvrit la porte sur sa droite. Par chance, elle n'était pas close. Elle ne la fermait jamais, une habitude héritée de son ancienne maison. La veilleuse dressait jusqu'au lit une ligne verdâtre. Il ôta ses chaussons et se glissa vite entre les draps. En tirant la couverture, il vit des ombres qui remuaient sous la porte. On susurrait derrière.

Durant de longues secondes, aux aguets, il attendit que les mouvements cessent.

Alors, il se redressa. À ses côtés, Claire Mayet s'était réveillée. Elle tendit la main vers la lampe de chevet et contempla dans la lumière l'homme qui s'était introduit dans son lit. Le visage lui était familier, agréable.

— Qui êtes-vous, monsieur ?

— C'est moi, Michel, souffla-t-il. J'ai besoin de me cacher chez toi.

Elle le regarda encore, puis ajouta : « Vous avez les pieds froids. »

Il ne put s'empêcher de rire.

18

Il passa la nuit avec Claire, leur première à tous les deux. Au lever du jour, il commença à regarder le réveil, anticipant le moment où l'infirmière viendrait frapper à la porte et sonner l'heure du petit déjeuner. Quand il advint, Michel trouva refuge dans les toilettes. Il la laissa s'habiller tout en lui faisant de petits signes complices. Égarée dans les limbes de sa maladie, elle s'adressait à Michel comme à un étranger. Pourtant, elle n'avait aucune gêne à l'embrasser. Elle le voyait comme un vieil amant, encombrant et affectueux.

Quand elle sortit, il s'approcha de la fenêtre et vit du personnel arpenter le jardin avec des pandores : on le cherchait. Michel devait parler au juge avant qu'on lui mette le grappin dessus. Mais comment faire ?

Pajole entra dans le hall des Agapanthes, flanqué de Charolle et d'Isabelle.

Jean-Charles Dupré l'attendait de pied ferme en compagnie du lieutenant Bouvron, de la brigade de gendarmerie de Machecoul. Le militaire rectifia aussitôt sa position.

— Mes respects, monsieur le juge.

Dupré se montra moins révérencieux.

— Je crains qu'il n'y ait de l'imprévu ; votre témoin

nous a encore faussé compagnie. Cette fois, il a agressé une de mes infirmières. La pauvre s'en tire avec des points de suture.

Pajole pâlit.

— Quand est-ce arrivé ?

— Hier soir.

— Mes hommes patrouillent dans tous les villages environnants, fit le militaire. J'ai envoyé quelqu'un à l'aérodrome de Montaigu, au cas où le vieux tenterait de réitérer son exploit.

— Quand je vous disais que Ravaud était cinglé ! gronda Dupré, allez-vous enfin me croire ?

Pajole tourna le dos au directeur et fit signe aux enquêteurs de le suivre à l'écart.

— Vous avez une idée ? demanda-t-il à voix basse.

Comme Charolle hésitait, Isabelle prit la parole :

— Notre fugitif connaît bien ma mère, peut-être lui a-t-il confié quelque chose ?

Isabelle la trouva assise dans un fauteuil, elle regardait vers la salle de bains en souriant.

— Bonjour, dit-elle en posant une bise sur son front. Tu vas bien, aujourd'hui ?

— Je m'amuse beaucoup.

— Ah bon, mais que fais-tu donc ?

Avant que la vieille dame ne réponde, quelque chose bougea dans des sanitaires et un homme déboula dans la chambre. Son premier geste fut d'aller vers la porte d'entrée et de la fermer aussitôt.

Il se retourna vers la capitaine.

— Je sais qui a tué Ajita Bihar.

19

Charolle s'assura que Michel Ravaud n'avait aucune arme sur lui. Il attacha un de ses poignets au lit avec les menottes ; il prit soin de ne pas trop serrer. L'audition pouvait commencer.

Ils se trouvaient tous, avec Isabelle et la greffière, dans une chambre inoccupée. Derrière la porte, les gendarmes montaient la garde.

Au bout d'une dizaine de minutes, comme Pajole l'interpellait sur ce qu'il avait dit à Isabelle, Michel répondit : « J'ai remarqué un homme de couleur qui déambulait dans le couloir d'Ajita. C'était quelque temps avant sa mort. Il semblait nerveux, il marchait vite. J'ai pensé à un voleur ; j'en ai parlé aux aides-soignantes. Mais ici, personne ne m'écoute plus depuis belle lurette. »

Michel décrivit un trentenaire, la peau noire.

— À une époque, il m'arrivait de me rendre en cuisine : une réclamation pour un plat froid ou trop salé. Les autres mangent sans rien dire, je suis un emmerdeur, c'est comme ça. Bref, aux cantines, j'ai vu une fois quelqu'un se cacher derrière un buffet. Je n'ai aperçu qu'un haut de crâne, mais c'était bien crépu, vous pouvez me croire.

Quand Pajole lui demanda si c'était lui qui avait mis

la photo dans l'enveloppe destinée à Isabelle, il répondit par l'affirmative.

— L'image se trouvait dans un gros livre en cuir, planqué dans un trou du mur. C'était dans mon ancienne chambre, avant qu'on m'enferme chez les dingos. Mais ça, on en parlera plus tard. Donc, un jour, alors que je cherchais la boîte à chaussures où je range mes médailles, je sens du plâtre par terre. Je m'allonge comme je peux, ce n'est pas évident à mon âge, et je vois une cavité. On apercevait la pièce d'à côté. C'était celle d'Ajita. Elle aussi devait utiliser le dessous de son meuble pour cacher des objets. Comme je savais que les *Aufseherinnen* pouvaient être dans le coup, j'ai décidé de gratter dans la cloison. C'est comme ça que j'ai trouvé le livre. J'ai tendu le bras, et voilà.

— Où est-il maintenant? fit Pajole.

— Après l'avoir parcouru, je l'ai remis à sa place. Il s'est volatilisé quelques jours après la mort d'Ajita.

— À part la photo, qu'y avait-il à l'intérieur?

— Un fermoir sur le côté: le bouquin possédait une serrure à combinaison. Il fallait un nombre à trois chiffres pour tout ouvrir.

— Et vous le connaissiez?

— Non, je l'ai juste deviné.

Pajole regarda les policiers avant de fixer de nouveau le témoin.

— Vous vous fichez de nous?

Ravaud fit mine de se redresser.

— Quand j'étais à Londres, pendant la guerre, le SOE[1] nous a appris des choses sur les mots de passe.

---

1. Special Operation Executive: services spéciaux britanniques chargés de missions de sabotage dans la France occupée.

Des astuces, comme les piqûres d'épingle au-dessus des lettres d'un courrier. Vous savez, un cadenas à trois chiffres, c'est mille associations possibles. Mais comme le modèle était très ancien, on pouvait ressentir un clic en cochant la roue sur les bonnes positions. J'ai de l'arthrite plein les doigts, mon dos me fait un mal de chien, mais question oreille, tout fonctionne, monsieur le juge !

— Qu'y avait-il d'autre ?

— Des tas de photos, dont plusieurs montrant un garçonnet avec un homme mûr, des papiers aussi, avec des listes de trucs tarabiscotés. Comme c'étaient les mêmes symboles que ceux figurant sur les cailloux que la vieille récupérait près de la forêt, j'ai pensé à un code pour dissimuler un trafic. L'Indienne trempait dans des bouzins véreux, je l'ai toujours su. Les infirmières l'adoraient, elles étaient toutes de mèche. Vous avez débusqué un sacré complot, monsieur le juge, il va falloir vous accrocher.

— Le jeune Noir, vous pourriez le reconnaître ?

— Bien sûr.

— J'en ai terminé, monsieur Ravaud. Mais vous n'en avez pas fini avec la justice. Je requiers votre placement en garde à vue pour violences volontaires contre Mlle Solange Louzou.

Pajole s'apprêta à prendre congé.

— Et pour les piqûres que j'ai aux fesses, à qui dois-je m'adresser ? demanda Ravaud.

Comme les autres le fixaient, incrédules, il se leva et baissa son pantalon, montrant à l'assistance un derrière criblé de rougeurs et de plaies.

20

Le commissaire Donnadieu entra dans la salle d'audition et fixa Tony, qui se tordait nerveusement les mains. Il ressortit et croisa Isabelle.

— C'est lui, le cuisinier ?

— Tony Chenevez, en effet.

— Il a répondu à votre convocation ?

— Oui, et pas fiérot pour un sou. J'ai assisté au début de l'interrogatoire, Charolle y va tout doux. Je crois que ce type a une peur bleue de perdre son job.

Ils marchèrent vers la cafétéria. Il flottait dans l'atmosphère une odeur entêtante de chou et de fromage : les vestiges d'un plat du midi réchauffé au micro-ondes.

— C'est quoi, ses liens avec le Black ? fit Donnadieu en jetant un air désappointé au fond de la cafetière vide.

Isabelle lui montra la bouteille d'eau et le sachet de caoua.

— Chenevez a un faible pour les jeunes hommes, mais comme il est marié, avec deux enfants, il n'assume pas beaucoup. Le Noir était son mignon. On n'a pas encore son patronyme, il se fait appeler Khadir. Il bossait à la maison de retraite en loucedé.

— Dupré est au courant ?

— Peut-être pas. La famille Chenevez a été épinglée

par l'inspection du travail à plusieurs reprises. Le frangin de Tony tient une gargote de fruits de mer à Pornic. Il met un point d'honneur à ne jamais déclarer les étudiants qui font la saison. Un atavisme, sans doute. Un jour, Khadir s'est pointé dans le boui-boui, en perdition. Il cherchait du taf. C'est ce que nous a dit Tony. Le cuisinier l'a remarqué chez son frère, il a souhaité l'avoir près de lui. Le jeune s'est retrouvé à faire le giton dans l'enceinte des Agapanthes. Selon le témoignage de Michel Ravaud, il faisait aussi de la fauche dans les chambres. Est-ce lui qui a tué Ajita ? Et si oui, pour quel motif ? On l'ignore. Mais il y a un fait troublant : il a quitté son boulot juste après le meurtre et on ne l'a jamais revu.

Donnadieu se frotta le front.

— On pourrait penser à un accident, mais l'enquête a démontré le contraire. Quel cirque, quand même ! Et le vioque, on en fait quoi ?

— Pajole a demandé à ce qu'on le fasse examiner au CHU : il va y rester un moment. Il pourrait souffrir de mauvais traitements. Solange a porté plainte, Michel également : l'infirmière risque sa place. Dupré est hors de lui, vous imaginez.

Donnadieu souffla comme une âme en peine.

— Je vois le préfet demain, qu'est-ce que je vais lui raconter ?

— Dites-lui la vérité : la piste d'un tueur sénégalais se confirme. C'est peut-être un coupe-jarret du Serbe. Celui qui flique les putes du centre-ville. Un Noir, trente ans. Ça colle. En ce qui concerne Tony, on va perquisitionner son domicile. Ce serait étonnant qu'on ne récupère pas des photos avec notre super logiciel. Un visage et un prénom… bon sang, on le coincera, ce type !

21

Le lendemain matin, Christian Charolle faisait le tour des bureaux au pas de charge.

— Tout le monde en salle de réunion !

Il acheva le périmètre en frappant chez Donnadieu. Le taulier avait son costume saturnien des grands jours. Il fleurait bon l'oral de la préfectorale.

— Le correspondant des affaires internationales de la DCPJ est arrivé, vous voulez assister à son exposé ?

— Un peu, oui ! fit le commissaire en passant au broyeur un document. Si je peux avoir des billes avant le tourniquet, j'aime autant.

Ils retrouvèrent un homme joufflu, occupé à démêler au sol des câbles informatiques. Un PC portable et un vidéoprojecteur étaient allumés.

Quand Donnadieu entra, Charolle fit les présentations.

— Commissaire, voici le capitaine Ferandini, de la division des relations internationales. Il travaille pour la section centrale de coopération opérationnelle de police, et je crois qu'il a des choses à nous dire.

— Je vous sais gré de vous être déplacé en personne ; l'affaire est si grave ?

— Pour être franc, je monte un dossier de mutation

pour Rennes : j'ai un entretien auprès de la direction zonale de la police aux frontières demain matin. Je suis breton et j'aimerais me rapprocher de mes attaches. Ma femme est déjà là-bas, elle m'y attend avec nos deux petites. Alors, je fais d'une pierre deux coups.

Quand tous furent assis, Ferandini fit baisser la lumière et lança le PowerPoint. Sur la première diapositive se détachait le logo de la DCPJ avec la silhouette de Clemenceau, le fondateur des Brigades du Tigre.

— Monsieur le commissaire, chers collègues, je profite de mon passage dans l'Ouest pour vous transmettre quelques éléments que SCCOPOL a pu récupérer sur les deux objectifs de votre enquête : le Scorpion serbe et un Indien apparaissant sur une vieille photo. Concernant le premier individu, j'ai interrogé l'unité nationale Europol et voici ce que nos partenaires nous ont envoyé.

L'image d'un homme, taillé à la faucille, bouc luxuriant et crâne dégarni, surgit à l'écran. Il portait un jean, une veste de treillis et brandissait au-dessus de sa tête une kalachnikov.

— Il s'appelle Berko Jlevic, chef de milice serbe, longtemps dévoué corps et âme à l'ancien président yougoslave Slobodan Milosevic. Après sa participation au génocide de Srebrenica, en 1995, on lui trouva le sobriquet du « Scorpion ». Il adorait torturer ses victimes à la perceuse.

Donnadieu regarda Charolle, qui hocha la tête.

Le flic du SCCOPOL fit défiler une autre diapositive révélant des correspondances entre des visages avec patronymes, des comptes en banque et des numéros de téléphones mobiles.

— Interpol a soupçonné Jlevic d'appartenir à un réseau de trafic de cigarettes entre le Monténégro et l'Italie. On lui impute aussi des exactions contre des séparatistes albanais du Kosovo, à la fin du siècle dernier. Aujourd'hui, il est difficile de donner du crédit à tous les témoignages qui l'évoquent. On sait qu'il a trempé dans des ventes d'armes. Depuis l'abolition des frontières au sein de l'espace Schengen et l'élargissement de l'Union européenne à des États proches de zones de conflits, des tas de flingues entrent dans le pays. La Transnistrie est au cœur des contrebandes, et Jlevic y a séjourné un temps. Bref, s'il se cache à Nantes, il doit être enfouraillé comme un croiseur.

Cette ultime remarque plomba l'assistance.

Donnadieu se pencha vers son commandant.

— Où en est-on avec la localisation du portable ?

— Son forfait était alimenté par une carte prépayée, achetée avec une CB volée. Bruno a pu joindre l'opérateur vendredi ; on espère que d'ici demain, il nous donnera le code permettant de localiser le relais GSM situé à proximité du cellulaire.

Le capitaine Ferandini passa au deuxième individu. Sur la diapositive, une autre tête, bien différente. C'était la photo que Michel Ravaud avait récupérée dans le vieux grimoire.

— Nous avons à l'ambassade de France à Bombay un attaché de coopération très efficace : le commissaire divisionnaire Chaparreau.

— Encore un qui a trouvé la bonne gâche, murmura Donnadieu.

Le collègue regardait ses notes.

— Notre correspondant a un contact au *Times Of*

India. Il a fait des recherches dans les archives du journal. Et il a pu mettre un nom sur le visage : Giri Saanee. C'était une figure de la pègre à Calcutta. Saanee a quitté l'Inde au début du siècle, après l'assassinat de plusieurs de ses lieutenants par une bande rivale.

Maintenant, des articles défilaient à l'écran. Un gros titre de 1985 annonçait : « Mort d'un journaliste enquêtant sur les fillettes de Park Street ».

— On attribue à Saanee de nombreuses disparitions, mais ses avocats sont toujours parvenus à faire capoter les investigations. Souvent en graissant la patte des policiers. Pendant une trentaine d'années, le parrain s'est spécialisé dans la traite des jeunes filles. Ses hommes maraudaient autour des orphelinats de Calcutta et tâchaient d'enlever, avant les pédophiles, les enfants délaissées. C'était parfois des gamines pour lesquelles les parents étaient incapables de constituer une dot. Les pucelles finissaient dans des bordels, parfois jusqu'à Daulatdia, au Bangladesh, d'autres étaient revendues à des touristes fortunés ou à des gourous qui les parquaient dans des ashrams d'où elles ne sortaient jamais.

— Saanee est-il en France ? demanda Donnadieu d'une voix inquiète.

— On l'ignore. J'ai parlé de la corruption des forces de l'ordre, mais les politiques aussi furent complaisants avec Saanee. Il faut dire qu'il était d'origine pakistanaise et qu'une partie de sa famille est restée influente auprès du régime d'Islamabad. À l'occasion des attentats du « 11 Septembre indien », en 2008, il donna un coup de pouce aux services de renseignements. Grâce à lui, les autorités remontèrent sur la trace d'un groupe islamiste installé au Pakistan.

Bruno leva la main.

— On a quelque chose sur le drapeau ? Celui qu'on aperçoit derrière notre homme ?

Le policier se pencha sur son ordinateur et afficha la photo en grand ; il fit une loupe sur le détail en question. Une liane entourait la tête d'une déesse hindoue.

— Hum, il s'agit d'un pochoir posé sur un drap de lit, on dirait. Ce symbole représente le clan du parrain. On le croisait sur les portes des maisons placées sous sa protection, ou au coin des rues, en signe d'allégeance. Chaparreau nous a dit qu'à Calcutta, les journalistes savent ce qu'il signifie : une allusion au cimetière de Park Street. Il remonte au XVIIIe siècle, quand la ville était la capitale des Indes britanniques. Il y a certainement une part de légende derrière cette histoire. On raconte que dans cette nécropole, où la végétation recouvre les tombes, se trouve un endroit insoupçonné. C'est le carré des enfants victimes du paludisme. À proximité, plusieurs caveaux mènent à un réseau de galeries conduisant à une grotte. C'est là que Giri Saanee, en personne, supervisait la vente de ses fillettes. Les transactions se seraient déroulées, une ou deux fois par an, à la nuit tombée.

Pendant que le capitaine Ferandini répondait à une question, Bruno fut pris d'une intuition. Il saisit la fiche d'Ajita Bihar qui provenait de la maison de retraite et s'approcha du mur. Devant lui : Giri Saanee et ses spadassins. Des gaillards en saris, armés jusqu'aux dents, le torse couvert de tatouages. Les yeux de Bruno glissaient sur les visages cuivrés, des gueules d'un autre temps. La plupart étaient morts. Sur la droite du cliché, une silhouette était dressée près d'une tenture. C'était un petit garçon, on ne le remarquait pas du premier coup d'œil. Mais avec l'agrandissement, il devenait évident qu'il jouait son rôle dans la scène : une place centrale. Les sicaires regardaient Saanee avec une pointe d'humilité. L'enfant narguait l'objectif.

Bruno retira la photo d'identité d'Ajita et la plaqua contre le mur, juste à côté de la frimousse.

Donnadieu et Ferandini s'étaient approchés. Bruno se tourna vers eux et vit qu'ils pensaient la même chose que lui.

— Bon Dieu… ce gosse, c'est elle !

22

Pour conjurer le froid, Veluska s'était recroquevillée sur le matelas crasseux. La pièce n'était pas éclairée mais, dans le couloir, un néon diffusait une lumière verdâtre qui ruisselait sous la porte. De grandes ombres l'entouraient. Elles empuantissaient l'endroit d'une odeur de caoutchouc brûlé.

Le fil des événements tournait douloureusement dans sa tête.

Elle était montée dans la voiture et le type à l'arrière l'avait menacée avec un surin. Le chauffeur s'était garé sur un terrain vague ceint de cuves rouillées et de ronces. On l'avait poussée dans un bâtiment immense. Le Scorpion était venu au-devant d'elle ; la peur la faisait bégayer.

Le Serbe lui avait demandé qui était le policier qu'elle voyait régulièrement. Alors, tout s'éclaira : le Noir qui surveillait les Nigérianes avait dû lui filer le train. Il l'avait trouvée, déjeunant avec Bruno.

L'homme au couteau avait aboyé : « Ce flic, qui c'est ? » Comme elle n'avait pas répondu, il avait fendu tous ses vêtements d'un geste vertical. Dans les phares des voitures, elle était nue face à eux.

La suite demeurerait à jamais gravée en elle. Ils

l'avaient descendue dans les sous-sols et enfermée dans cette pièce. Sur les murs, une affichette gâtée par l'humidité indiquait l'ancienne présence de produits toxiques. Ses mains étaient attachées à un ersatz de radiateur en fonte. Ils la violèrent tour à tour, sans un mot.

Quand ils la laissèrent, sanglotante sur sa couche, Veluska pensa qu'ils l'avaient conduite dans un de ces centres de dressage où les filles subissent les pires horreurs : un sas destiné à briser toute résistance et à faire d'elles des objets sexuels prêts pour les trottoirs d'Europe.

Le Serbe revint lui parler, il portait une boîte à outils. À cette simple vue, elle hurla de terreur et dit tout ce qu'elle savait sur Bruno Farge.

Au fil des heures, dans l'obscurité, son ouïe se fit plus fine. Elle percevait des agitations distantes, des portes qui claquaient et des vagissements. Tout à coup, des cris de femmes s'élevèrent. C'était près et loin à la fois. Le rugissement d'un homme monta dans la nuit avant que les piailleries des filles ne le submergent.

Au bout d'un long moment, le silence retomba.

23

Le juge Pajole aida Donnadieu à installer les chaises autour de la table qui trônait au milieu du cabinet. Il ôta sa veste, dégrafa légèrement son nœud de cravate et s'assit en soupirant. Son teint pâlot et des cernes sous les yeux dévoilaient une nouvelle nuit sans sommeil.

Il y avait en cercle Donnadieu, Bruno, Isabelle et René Caisson pour les stups.

— Allez-y, commissaire, fit le magistrat en réprimant un bâillement.

Donnadieu présenta une capture d'écran.

— L'opérateur téléphonique nous a permis de géolocaliser une borne. À proximité, le cellulaire d'un homme du Scorpion a été repéré hier, à 22 heures. La précision est d'une cinquantaine de mètres. On avait toujours la volonté de loger le labo clandestin. La borne nous parle d'une zone industrielle ; secteur du lac de Beaulieu, à l'ouest de Nantes. Il s'y trouve une ancienne usine de traitement de métaux ; elle a fait faillite il y a plusieurs années. Le patron est poursuivi pour banqueroute frauduleuse, il a fui à l'étranger.

Pajole mit ses lunettes et se pencha vers l'image satellite récupérée sur Internet.

— Le site est pollué, les cuves qu'on aperçoit en blanc

contiennent encore de l'acide phosphorique, ça suinte de partout. Quand ce ne sont pas des gens du voyage ou des gamins qui investissent les lieux, la municipale doit faire dégager les traîne-lattes qui campent au milieu des flaques d'huile. Mais, depuis quelques mois, l'endroit est étonnamment désert.

— Quelqu'un fait la chasse aux intrus? questionna Pajole.

— Possible. Mais regardez cette autre photo, on l'a prise au téléobjectif tout à l'heure. On voyait, près d'un amoncellement de sacs d'ordures, l'arrière d'une camionnette. L'avant disparaissait derrière un tronc d'arbre.

— On a pu identifier la plaque d'immatriculation, c'est celle d'un véhicule volé la semaine dernière.

— Et le site, vous avez pu l'explorer?

— Ce n'est pas si facile, répondit Charolle. Les piles de détritus, les amas de pneus et les bouts de fer forment un vrai dédale. Ça complique une descente avec les fourgons; pas moyen de se garer. Des malfrats, embusqués depuis les toits, pourraient nous cartonner à loisir.

— Et une opération de nuit?

Le commandant fit la moue.

— La rue qui passe devant est plongée dans le noir dès le coucher du soleil. Des bandes piquent les fils de cuivre à l'intérieur des lampadaires; sitôt changés, sitôt volés. La commune s'est lassée.

— On peut demander des jumelles de vision nocturne à la brigade de recherche et d'intervention de Rennes? fit Caisson.

— L'effet de surprise est crucial, ajouta Donnadieu, sinon, ce sera un désastre. Vous imaginez des tirs de kalachnikov ? Nos gilets à port dissimulé ne serviraient pas à grand-chose !

Pajole prit le temps de réfléchir.

— Bon, pas d'action avant d'évaluer le rapport de force, c'est évident. Débrouillez-vous pour savoir combien de ces types squattent l'usine et rendez-moi compte.

24

Celui qui s'appelait Milos releva son masque respiratoire. Son visage était baigné de sueur. Il renifla et se dirigea vers la glacière, qu'il ouvrit avec le coude. Une illumination sèche fluait des néons et recouvrait les bidons d'acétone qui jonchaient le sol. La radio, volume à fond, lâchait « The Roof is on Fire » du Bloodhound Gang. Le Serbe prit une bière et considéra longuement la table de travail encombrée de flacons tordus, de becs Bunsen et de bouteilles de gaz. Milos se demanda ce que foutaient les autres. Il coupa la musique et tendit l'oreille. Pas un bruit ne troublait le laboratoire. Il jeta le masque dans un coin et sirota sa binouze en remontant vers le hangar. Là-haut, les cuves rouillées l'entouraient. Il s'approchait de la sortie quand une ombre bougea sur sa droite. Par réflexe, sa main plongea vers la crosse de son Glock.

— Déconne pas ! gronda Jlevic.

— Putain, tu m'as fait peur.

Les yeux du Serbe étaient dilatés par le Ya Ba. Il avait passé la lanière de son fusil d'assaut autour de l'épaule ; Milos avisa l'index du Scorpion qui caressait la détente. Insensiblement, il s'écarta de l'axe du canon.

— Pourquoi tu as laissé ton boulot en plan ?

— Je crevais de chaud et j'avais besoin d'en griller une dehors.

— Tu veux qu'on se fasse remarquer ? Les filles ont avoué que des condés n'arrêtent pas de les questionner sur l'emplacement de notre planque. On doit rester le plus discret possible.

— Justement, geignit Milos, je n'ai pas envie qu'ils nous gaulent. Si les cagoulés du RAID font une descente, je ne donne pas cher de notre peau.

— Relax, le chouineur. On achève la production et, aussitôt après, on trace jusqu'en Espagne. Si ça peut te rassurer, je m'apprêtais à convoquer le comité d'accueil.

Joignant le geste à la parole, Jlevic balança un coup de rangers dans une caisse gravée d'inscriptions en caractères cyrilliques. Le couvercle cilla et dévoila une rangée de grenades nichées dans la paille.

— Je vais tirer des fils pièges autour des entrées du complexe, c'est pas les points d'accroche qui manquent. Ils se souviendront du voyage, les salauds.

— Et Zoran, où se cache-t-il ? Il est pas sorti, lui ?

— C'est pas tes oignons. Maintenant, tu retournes en bas et tu te remets au turbin. Quand les doses seront prêtes, tu iras dire au revoir à nos invités.

Milos opina du chef. Il y avait beaucoup trop de témoins en bas.

L'autre fixa son attention sur le revolver.

— Et évite d'ameuter tout le quartier.

Il lui tendit une dague.

— Je préfère, c'est plus silencieux.

— Quoi ? fit Milos.

— Donne ton Glock ! T'en as pas besoin pour

t'occuper des filles, ni pour jouer les chimistes d'ailleurs. Je te le rendrai après.

— Berko, tu peux pas m'enlever mon gun…

Jlevic lui jeta un regard halluciné qui le doucha sur place. Milos n'insista pas. Il avait déjà vu ces yeux-là, plusieurs années auparavant, à Srebrenica.

En regagnant son laboratoire, il planta le schlass dans le mur et contempla ses flacons de phosphore. Après s'être assuré que le Scorpion n'était pas dans les parages, il glissa une main sous un tas de couvertures et tira sous les néons un fusil à pompe ; c'était un Bekas de confection russe. Il prit une poignée de cartouches qu'il fourra dans ses poches.

Milos était sûr que les flics donneraient bientôt l'assaut.

Jlevic, il pouvait bien aller se faire foutre.

Il avait l'intention de défendre chèrement sa peau.

25

Constance Dupré reposa le magazine qu'elle lisait distraitement et regarda l'horloge du salon. Il était près de minuit. Depuis son canapé, elle voyait le grand jardin. Au fond, une lueur brillait dans la remise.

Jean-Charles avait disposé le grimoire au milieu de ses outils flambant neufs. Il avait fait entièrement équiper sa cabane, convaincu qu'il se livrerait aux joies du bricolage. Mais le temps lui avait toujours manqué. Le travail et la voile avaient pris toute la place. Maintenant, il fixait les fermoirs et se demandait par quel bout il allait commencer. Il coinça l'ouvrage dans la mâchoire d'un étau et entreprit de taper sur les attaches à coups de marteau. Au cinquième, le mécanisme s'arracha de la couverture.

— Jean-Charles, pour l'amour du ciel, qu'est-ce que tu fabriques ? Tu as vu l'heure ?

Constance se tenait au seuil de la gloriette, emmitouflée.

Il ne prit pas la peine de se retourner.

— J'essaye d'ouvrir un truc, ma chérie. Va donc te coucher, j'arrive.

Elle regagna la gentilhommière pour se mettre au chaud.

Un peu plus tard, Dupré ajouta une bûche dans la cheminée du salon. Il posa sur la table basse le gros livre qu'il venait de forcer.

Il contenait beaucoup de photos : un petit garçon aux traits fins, habillé de différentes manières, tantôt en uniforme d'écolier, tantôt avec des vêtements traditionnels. Les années passaient au fil des clichés. Le gamin devenait un adolescent fluet. Un homme l'accompagnait fréquemment. Il ne souriait jamais : une lueur sèche et dure fusait de son regard.

Dupré se servit un whisky et étala toutes les images. Il se demandait ce que les flics pouvaient bien vouloir faire de tout ça. Il cherchait distraitement Ajita, mais il n'y avait que celle du marmot. Un document parcheminé glissa au sol. En le ramassant, il vit que c'était un acte de naissance au nom de Saanee, Amshul.

Dupré arrivait aux derniers tirages : un mariage en Inde, fastueux. Toujours ce type austère, mais là, avec une jeune épouse à son bras. La similitude des traits de son visage avec ceux du gosse était saisissante.

Dupré contemplait le scotch qui tournoyait au fond du verre. Seuls les claquements du feu troublaient le silence.

Après une longue minute, il se leva et rassembla les clichés. Il s'approcha de l'âtre et jeta le tout. Au cœur des flammes, les figures se tordirent dans un cri muet.

La couverture brûla, dégageant une odeur nauséabonde.

26

Une clarté voilée tombait des étoiles. La silhouette accéléra l'allure en approchant du complexe. Près des blocs de pierre que la commune avait dressés pour empêcher l'installation des caravanes, une grille défoncée laissait entrevoir un passage. Derrière, une voie sinuait au milieu des détritus.

Le brigadier-chef Agosti, de la brigade des stups, mit un genou à terre et se délesta doucement de son sac à dos. C'était un modèle ergonomique qu'il utilisait pour la course à pied : son sport favori avec le judo. Il prit les jumelles et ouvrit l'alimentation électrique. Il y eut un léger sifflement. Le monde se teinta en vert sombre et les obstacles gagnèrent en relief. Il balaya tranquillement l'espace. Quand il fut certain que rien ne bougeait dans un rayon de deux cents mètres, il murmura dans le micro dissimulé sous sa cagoule : « RAS. Calme plat. Je progresse. »

À quelques encablures, dans un entrepôt désaffecté, une vingtaine de fonctionnaires de la Crim, des stups et de la compagnie départementale d'intervention maronnaient dans le noir. Un rayon de lune fit luire le métal des canons à pompe. La consigne était de ne pas faire de bruit. Les radios étaient coupées ; sauf celle de Caisson, qui suivait la progression de son « abeille ».

Agosti se méfiait des débris qui jonchaient le sol. Un simple craquement pouvait donner l'alerte ; déclencher un déluge de feu. Il craignait surtout la présence de chiens.

La végétation aux alentours était tantôt chaotique, tantôt brûlée par la pollution.

Il était à quelques mètres de l'entrée du bâtiment. Les grandes cuves s'alignaient sur la droite. Des traînées de rouille glissaient le long des murs. Avec les jumelles, le mucus qui tapissait les parois était noir comme l'encre.

Le policier venait de s'adresser succinctement à son chef de groupe quand son regard fut attiré par un reflet dans les herbes. C'était un pistolet automatique. Il le prit et retira lentement le chargeur. Il tira la culasse, la bloqua vers l'arrière et reposa le Beretta là où il l'avait trouvé.

La fourgonnette était au même endroit que la veille. Il vit une porte entrouverte. Il remarqua la forme, couchée sur le ventre, le dos couvert de sang. Des traces de balles s'alignaient sur le flanc du véhicule, le pneu avant gauche était à plat.

Agosti sentit les battements de son cœur s'amplifier. Il serra la crosse de son Sig.

— « Un type au sol devant l'usine : Delta Charlie Delta », fit-il d'une voix sourde.

— Tu entends quelque chose ?

— Néant. Ça pue la mort, putain !

— Rapplique tes miches. Ça craint trop.

— OK.

Agosti recula vers le centre de la clairière et s'accroupit au milieu du chiendent. Il reprit ses jumelles et regarda vers l'entrée de la fabrique. Il aurait juré que quelque chose bougeait là-dedans.

En dépit des instructions, son instinct l'incitait à poursuivre.

À l'intérieur du hall, un désordre indescriptible l'attendait. Il vit une silhouette allongée, le pull criblé de balles. Plus loin, au milieu des spores de moisissure, on devinait tout un fatras de bouteilles de soda, de moteurs et de câbles électriques.

Il progressait quand les recommandations de son chef lui revinrent à l'esprit. « Avant de s'engager dans un laboratoire clandestin, toujours penser que l'atmosphère peut contenir des substances toxiques. Veiller à s'équiper d'une tenue et d'un casque isolant et sonder minutieusement la qualité de l'air. »

Mais le gradé voulait en avoir le cœur net.

Au fond de la salle, un plan de travail improvisé était jonché de flacons et d'entonnoirs. Des ballons à fond rond, sur des plaques chauffantes, contenaient un liquide sombre. Il y avait cette odeur piquante, de l'éther ou de l'ammoniac ? Il allait ressortir quand il perçut une silhouette, assise contre un réfrigérateur ; des impacts criblaient la porte.

Les yeux morts du type fixaient le plafond.

En s'approchant, le canon de son arme pointé vers le cadavre, Agosti nota l'AK-47 posé sur les cuisses et les deux mains au sol, paumes tournées vers le ciel. Le flic sentit sous ses semelles le tapis meuble des douilles ; elles manquèrent de le faire trébucher.

Alors, quelque chose bougea sur la tête de l'homme.

Un corbeau ! L'oiseau scruta Agosti, exprima son mécontentement dans un croassement sinistre et prit son envol d'un coup.

Le brigadier recula, une vague de nausées commençait à l'envahir. Il se précipita dehors.

27

Plusieurs fourgons rouges et presque autant de voitures de police s'entassaient à l'entrée du lacis d'ordures qui menait à la fabrique.

Il fallut trois heures pour que les sapeurs-pompiers du groupement territorial de Nantes, munis d'appareils respiratoires isolants et de détecteurs de gaz, ratissent l'usine.

Donnadieu se tenait à distance des techniciens de l'identité judiciaire.

— Quel cirque ! J'ai noté des dizaines d'impacts de projectiles rien qu'à l'extérieur, fit Hugo en revenant vers le taulier.

— C'est quoi, le bilan ?

— Trois cadavres, démolis à l'arme de guerre. Ce sont bien des trafiquants d'amphétamines. Il y a tout le matériel d'usage à l'intérieur. On a même trouvé une caisse avec des grenades !

— Le troisième corps, où est-il ?

— Dans une pièce, en sous-sol.

— Mort par balle ?

— *Yes*. Il a un bras en écharpe et un pistolet-mitrailleur avec une tonne de munitions. On dirait qu'il ne s'est pas laissé faire.

Sur ces entrefaites, le commissaire aperçut les gars de l'IJ qui déposaient devant l'usine la dépouille en question. Un drap blanc la recouvrait. Il s'approcha à grandes enjambées, suivi de Charolle.

— Seigneur, faites qu'il soit noir, murmura-t-il en tirant la toile.

Le visage de Berko Jlevic apparut sous la lune.

— Eh merde !

De leur côté, Bruno et Isabelle avaient demandé aux soldats du feu de récupérer tous les supports numériques disponibles. Il y avait un risque patent d'incendie, il fallait préserver les traces et indices. La capitaine examinait ses trouvailles quand une Peugeot 607 escortée de deux motards, toutes sirènes dehors, se gara à proximité.

Donnadieu discutait avec le lieutenant-colonel Rigaud, son casque sous le bras, quand il vit une silhouette trop familière marcher dans sa direction.

Le préfet de région se déplaçait en personne.

Rigaud et Donnadieu se raidirent simultanément.

— Que se passe-t-il ici ? fit le représentant de l'État.

Donnadieu dressa le catalogue des pertes, côté truands.

— Il pourrait s'agir d'un règlement de comptes entre bandes rivales, mais c'est peu probable. En attendant les expertises balistiques, on suppose qu'au moins deux individus ont été abattus avec la même arme automatique, celle de Jlevic. Les douilles de sa pétoire se retrouvent à proximité.

L'officier supérieur ajouta :

— On a détecté dans les sous-sols une concentration anormale de phosphine. C'est un gaz toxique, inodore, qui se transforme en acide phosphorique au contact des muqueuses. Un classique des labos clandestins.

— Ce ne sont pas les émanations qui les ont tués ? demanda le préfet.

— Indirectement, si.

— Je ne comprends pas.

— Dans ce genre d'installation, l'environnement chimique provoque souvent l'apparition d'un fort sentiment de paranoïa. Les Serbes ont dû passer une partie de leurs journées dans ces vapeurs toxiques, au risque de perdre la boule et de s'étriper les uns les autres. L'autopsie nous dira s'ils ont consommé leurs propres substances.

Le préfet jeta un regard soucieux aux alentours et prit Donnadieu en aparté.

— Le juge d'instruction est déjà venu ?

— Non, mais il ne devrait pas tarder.

— Il ne s'est pas fait beaucoup d'amis. J'ai eu deux fois un conseiller d'Alice Mourin au téléphone.

— La secrétaire d'État ?

— Oui. Son directeur de cabinet a reçu une plainte de Dupré. Il s'estime persécuté par la justice. Vous connaissez sa gracieuseté, tout ça n'est pas bon.

— Je comprends, monsieur le préfet. Mais c'est Pajole qui est directeur d'enquête.

— Et ce sont vos hommes qui le secondent. Il faut que vous me boucliez cette affaire. Où se cache votre tueur ?

— Je m'attendais à le trouver au milieu des cadavres, mais…

— Vous avez une autre piste ?

Donnadieu fixa ses chaussures.

— Pas la moindre.

— Vous avez déjà fait vos preuves, commissaire. J'ai confiance en vous. Après le départ de Mme Levy, je serai satisfait de vous savoir à la tête du SDIG.

— Et moi donc ; mais c'est loin d'être acquis. Je ne suis pas certain d'être le favori, ni de l'administration ni des syndicats.

— Vous ne croyez pas si bien dire. Je connais le directeur général de la police, nous sommes de la même promotion. C'est une chose qui pourrait arranger vos affaires. À condition que je mette en avant vos états de service irréprochables. Ils ne le seront que si Alice Mourin n'a plus de raisons de m'appeler. Vous saisissez ?

— Parfaitement, monsieur le préfet.

— Alors, trouvez ce salopard.

Bruno s'apprêtait à sortir du hangar quand un fonctionnaire de la police technique et scientifique s'approcha.

— Lieutenant, on a trouvé ça au milieu du hangar.

Il montra un sachet qui contenait quelque chose de noir ainsi qu'un bout de tissu.

— Qu'est-ce que c'est ?

— Une clef de voiture. Elle n'ouvre pas les carcasses qui sont dehors. Quant au tissu, je pense qu'il provient d'un costume.

— Et après ?

— Il y a une échelle plus loin, j'ai trouvé ces trucs au pied des barreaux. Si vous avez une seconde, j'aimerais vous montrer quelque chose.

28

Il était presque 11 heures du matin. Au troisième étage de Waldeck, dans le local technique de la PJ, les hommes de la brigade criminelle entouraient Bruno. Penché sur son ordinateur, le lieutenant faisait soigneusement mouliner le logiciel de forensique ; il fouillait les entrailles du disque dur récupéré dans le laboratoire. Par chance, aucun mot de passe n'en verrouillait l'accès. Il commençait par chercher des images en format .jpg quand la chance leur sourit. Des clichés d'individus apparurent, l'un d'eux était noir.

— C'est notre Sénégalais ! firent-ils, presque à l'unisson.

— Il prend la pose, ou quoi ?

— On dirait une photo d'identité, pour de faux papiers ?

— Si c'est vrai, il est déjà loin, lâcha Isabelle.

— Qu'est-ce qu'on fait ? On n'a plus ni témoins ni pistes matérielles !

Charolle en était malade. Devant son équipe qui le fixait, il préféra sortir. Isabelle se rendit aux toilettes pour s'asperger le visage : le manque de sommeil pesait dur. Elle prit les clefs de son bureau et entra récupérer son blouson. L'odeur entêtante de moquette neuve, récemment installée, remplissait la pièce.

Cinq minutes plus tard, elle remontait le couloir quand quelque chose chuinta derrière elle. Puis un souffle crut en intensité. Isabelle se retourna.

Ce qu'elle vit la cloua sur place.

29

Elle sentit le souffle tiède des premières flammes et vit les lueurs dansantes du foyer qui jaillissaient de son bureau. Une fumée épaisse gagnait le couloir ; la sirène incendie se déclencha.

Alors que les fonctionnaires de la PJ évacuaient le service, Charolle, le visage noirci par la suie, rejoignit Isabelle devant le bâtiment.

— Isa, tout va bien ?

— Oui, et les autres ?

— Tout le monde est là. Bon Dieu, mais que s'est-il passé !

— Je ne comprends pas. Je suis allée récupérer ma veste, je n'ai touché à rien, pas allumé la lumière ni craqué le moindre briquet. Et quand je suis ressortie, c'est comme si tout s'était embrasé d'un coup !

L'appréhension embruma les yeux de Charolle.

— Une pièce qui brûle toute seule, comme… Ajita ?

Les soldats du feu mirent une heure à maîtriser l'incendie.

Les dégâts étaient sérieux, mais pas au point de nuire aux activités de la PJ.

Donnadieu retrouva un capitaine des pompiers qui quittait Waldeck.

— Capitaine, où en est la situation ?

— Le sinistre est neutralisé. On s'apprêtait à attaquer les flammes au jet d'eau quand on a remarqué l'aspect blanchâtre de la fumée. C'était une combustion de classe D : il fallait de la poudre. Vous pouvez me dire ce que foutaient dans vos locaux des composants chimiques ? Vous imaginez, si on avait noyé les gaz ? Tout aurait pu sauter !

Le taulier était désemparé.

— Qu'est-ce ce que vous me chantez là ?

— Suivez-moi, vous allez comprendre.

Les deux soldats du feu rejoignirent le véhicule de commandement : un 4 × 4 qui stationnait au milieu de la chaussée. Le pont de la Motte rouge était fermé à la circulation. Des types casqués s'affairaient dans tous les sens.

— Lieutenant, veuillez montrer au commissaire ce que vous avez ramassé sur le départ de feu.

L'officier posa sa bouteille d'eau et récupéra un morceau de moquette que ses hommes avaient détaché à coup de hache. Il le leur tendit.

— Vous voyez ces composants, mêlés à la fibre ? C'est certainement du phosphore rouge : une poudre qui s'enflamme très facilement ! Un simple frottement de semelle, sur un paillasson, peut déclencher un brasier difficile à maîtriser.

— Seigneur ! Le labo clandestin et les récipients chimiques…

— Comment ?

— Mes policiers ont fouillé une production d'amphétamines hier, vos collègues étaient là.

— Qui était le commandant des opérations ?

— Le lieutenant-colonel Rigaud.

— Je vais l'appeler, il se mettra en rapport avec l'expert qui étudiera les causes du sinistre. Mais si la piste du phosphore est la bonne, on a probablement du « Mexican National » dans les mains. C'est un mélange d'acide et d'éphédrine. Une belle saloperie !

30

Isabelle retira une de ses tennis et la tendit, semelle vers le haut, au capitaine des pompiers. Dans la cafétéria, transformée en zone de repos pour les hommes du feu, l'officier en fit tomber quelques particules sur une feuille de papier. Avec un gant en latex, il en préleva un échantillon qu'il renifla avant de l'étaler.

— Poudre fine, couleur grenat : c'est très probablement du phosphore rouge.

— J'ai dû marcher dedans en inspectant le laboratoire ; je me souviens qu'il y avait une installation avec des ballons chauffants remplis d'un liquide vermillon et des climatiseurs, près du cadavre de Berko Jlevic.

— C'était bien dangereux de trotter là-dedans ; vous auriez pu vous enflammer comme une torche.

— On devait préserver l'ordinateur et toutes les preuves matérielles possibles. C'était notre job.

— Bon, ce qui est fait est fait, dit Donnadieu. L'essentiel est qu'il n'y a pas eu de blessés. Je n'ai plus qu'à négocier ferme avec le directeur de la sécurité publique pour qu'on nous alloue du rab d'espace.

Sur ces mots, il s'éloigna en bougonnant.

Bruno rejoignit Isabelle plus tard.

— Dieu merci, le feu n'a pas pris dans le local à scellés, dit-elle.

— Et si c'était le Black qui les avait tous flingués ?

— Avec quelle arme ? Tu oublies les douilles distinctes autour des corps. Je pense que les deux mecs, celui près du véhicule et l'autre, à l'entrée de l'usine, ont été shootés avec l'AK-47 du Scorpion. Les expertises me donneront raison, tu verras. En ce qui concerne le Sénégalais, il est mort ou en fuite. Mais ce n'est pas lui qui est à l'origine de ce carnage. Jlevic était suffisamment roué pour ne pas tomber dans le piège.

Bruno ne dit rien. L'espace d'une seconde, ils ressentirent, synchrones, la fatigue de l'enquête. Autour d'eux, tout n'était qu'agitation.

Des pensées confuses traversaient l'esprit d'Isabelle : des traces de pas rouges dans la chambre d'Ajita et les confessions de Tony sur ses galipettes avec Khadir, son adonis de couleur. Une autre image, incongrue, le dévoilait avec son corps gracile, moissonnant les âmes à coups de mitraillette.

Quand elle vit Hugo passer dans son champ de vision, elle l'interpella :

— Les clichés de l'usine, on peut les voir ?

— L'étage est interdit d'accès, à la demande des pompiers.

— Et tes appareils, où sont-ils ?

— Tu ne croyais pas que j'allais décamper en les laissant derrière moi !

— Brave Hugo ! fit-elle en lui ébouriffant les cheveux. J'ai besoin de regarder les cartes mémoire.

— Tu cherches quoi ?

— Les photos montrant les ballons chauffés, à côté du cadavre de Jlevic.

Dans les locaux de la Sûreté, un collègue avait mis son ordinateur portable à disposition. Hugo glissa dans une fente l'unité de 16 gigaoctets.

— Tiens, ralentis, fit-elle. Oui, c'est là ! Tu peux grossir ?

— Où ça ?

— Autour des pieds de Jlevic, c'est bien de la poudre ? Agrandis le truc devant la semelle, tu vois le trait ?

— Hum. Il forme un angle droit.

— C'est une boucle ?

— Un anneau…

— C'est pourtant clair, non ? fit Isabelle.

Hugo approuva.

— On était passés à côté : une trappe !

31

Au fond de son cachot, Veluska avait renoncé à évaluer le temps qui passait. Les gémissements qui provenaient du dehors avaient cessé.

Le bruit sourd d'une explosion avait retenti au-dessus de sa tête. De la poussière avait chuté du plafond, la couvrant d'une pellicule grise. Des rafales d'armes automatiques crépitèrent, entrecoupées de hurlements. Les tirs s'éternisèrent, puis l'accalmie revint.

Apeurée par la déflagration, elle s'était repliée en boule dans un coin de la cellule, son matelas comme unique rempart. Le sommeil daigna la prendre.

En se réveillant, elle claquait des dents et la morve lui coulait du nez. Une odeur de poudre et de vinaigre flottait dans l'air.

Alors, puisant en elle une énergie insoupçonnée, elle se dressa sur ses jambes meurtries et se traîna vers l'entrée de la basse-fosse. La porte en fer n'avait plus de serrure ; de l'autre côté, une barre de bois bloquait le tout.

Il demeurait un entrebâillement ; ses doigts se logèrent dans l'espace. Mais l'outil était hors de portée.

Veluska ôta une de ses chaussures et entreprit de tirer comme une folle sur la semelle. Elle la ripa contre les murs jusqu'à l'arracher. Elle l'introduisit dans l'embrasure et tenta de faire remonter le tenon. Concentrée par l'effort, elle clignait des yeux ; les gouttes de sueur lui brouillaient la vue.

Il lui fallut de longues minutes pour atteindre le bout de bois. Il tomba au sol et la porte s'ouvrit en grinçant. Les muscles de ses bras étaient gorgés d'acide lactique. Le couloir baigné par les néons ressemblait à l'antichambre d'une salle de torture.

Veluska avançait en silence. Comme elle longeait une autre pièce, des cris suraigus jaillirent dans le noir. Terrifiée, elle fit un bon de côté. Des mains tachées de poussière et de sang se tendaient à travers des planches sommairement cloutées. C'étaient des doigts d'ébène.

— Veluska ! Sors-nous de là, par pitié, ne nous laisse pas ! hurlaient les Nigérianes.

Elle s'approcha de la porte ; un gros cadenas la maintenait solidement fermée.

— Je n'ai pas la clef !

— Fais quelque chose, le Scorpion va nous tuer, pitié !

— Je pars chercher du secours.

Le regard halluciné d'une des prostituées apparut dans l'ouverture.

— Non, non ! On crèvera toutes si tu nous abandonnes. Trouve la clef !

— Je n'ai pas le temps de parler.

Elle s'éloigna en boitillant. Elle devait s'échapper de cette souricière, quel qu'en soit le prix.

Les filles s'égosillaient dans un concert de hurlements.

32

Revenir en arrière était impossible, il y avait quelque chose qui lui piquait les yeux et la faisait tousser.

Le corridor virait vers la droite, les néons ne fonctionnaient plus au-delà de dix mètres. Le faux plafond dégorgeait des fils électriques. À la lisière de la nuit, quelque chose l'agrippa.

Veluska poussa un cri de terreur en reculant d'un pas. Mais la main serrait son poignet dans un étau. Dans la pénombre, elle ne distinguait qu'une silhouette maigre qui charriait des odeurs de crasse et de sang. Lorsqu'elle approcha son visage du sien, elle le reconnut, malgré les taillades qui lui labouraient la gueule.

— Pourquoi tu n'es pas avec les putes ?

La peur lui coupait la respiration ; elle hoqueta une série de mots inintelligibles.

Il semblait aussi perdu qu'elle. Il marcha dans un coin de la pièce, à la recherche de quelque chose. Veluska voyait mieux les traces d'ongles qui tigraient sa figure.

Elle comprit que c'était ses hurlements qu'elle avait entendus l'autre fois. Pour une raison mystérieuse, les Serbes l'avaient enfermé avec les filles. Alors, elles l'avaient à demi lynché pour se venger des vexations qu'il leur avait imposées : le sale kapo.

Il se baissa et ramassa une tige de fer qui traînait près d'une pile de bidons de solvants.

Veluska crut défaillir, mais elle bondit vers le fond de la salle. Elle trébuchait dans le noir et ses gémissements se voilaient dans le souffle rauque de sa gorge.

Elle entrevit un escalier et se rua sur les marches sans réfléchir. Khadir la talonnait avec son arme improvisée.

Quand sa tête heurta le dessous de la trappe, elle appuya de toutes ses forces, profitant de l'élan que lui donnait sa course folle. Mais l'ouverture cillait à peine.

La barre s'abattit sur sa hanche et elle poussa un long cri de bête.

Dopée à l'adrénaline, elle se releva et s'arcbouta contre la paroi : un geste absurde que seul l'instinct de survie commandait.

Quelque chose grinça. De la lumière crue tomba sur elle.

Khadir prit sa tige à deux mains et la brandit en l'air.

33

Il s'était produit un bruit de tonnerre. Khadir avait chuté en arrière. Désormais, c'était à lui de hurler en sentant la chose qui grillait son épaule. Une odeur de poudre flottait dans l'oubliette.

Le contour d'un homme se dessina en haut de la trappe. Il descendit prudemment les marches, un pistolet dans la main.

Elle ne parvenait pas à se relever.

— Veluska ?

Bruno la serra tout contre lui.

Elle éclata en sanglots.

*

La chambre était composée de grandes baies barreaudées, en verre sécurisé.

Khadir était allongé, des perfusions plein les bras. Son visage, émacié et griffé, témoignait des souffrances qu'il avait endurées.

Dès que son état fut jugé satisfaisant par les médecins, son audition débuta. Mais le jeune Sénégalais ne cessait de s'agiter en criant : « Scorpion ! Scorpion ! »

Charolle dut lui montrer les photos de Jlevic, criblé de balles, pour qu'il s'apaise.

Ajita était morte, Jlevic aussi. Désormais, plus rien n'avait d'importance aux yeux de Khadir.

Il donna son vrai nom aux enquêteurs : Mendy.

Il était prêt à raconter toute l'histoire.

34

Mendy et son frère, Fallou, appartenaient à une bande de vendeurs à la sauvette. Leur truc, c'était les tours Eiffel : des colifichets « *made in China* » qui provenaient d'un important entrepôt à Aubervilliers. Le grossiste était un Chinois véreux, originaire de Changdong.

Les deux frangins bossaient comme des ânes, de l'aube au couchant, dans un périmètre qui encerclait le Trocadéro. Ce n'étaient pas les flics de la préfecture, avec leurs VTT, qui posaient le plus de problèmes. Le souci, c'était les Indiens. Ils arrivèrent au début des années quatre-vingt-dix et convoitèrent vite le marché des breloques.

Leur leader, un patriarche irascible, était secondé par une épouse vêtue à l'occidentale. Des légendes couraient sur le vieux parrain de Calcutta. On racontait qu'il avait fui une fratricide guerre des gangs. Une fois, ses ennemis l'avaient enlevé pour faire croire à son aimée qu'il était mort. Avec la complicité de brahmanes peu regardants, ils avaient tenté de la conduire au bûcher. Mais la « veuve » avait découvert le pot aux roses et s'était rebellée. Le caïd s'était vengé en précipitant les ravisseurs du haut d'un temple dédié à Kali.

À Paris, la concurrence entre les Sénégalais et les

Indiens tourna vite à l'affrontement. De jeunes Noirs se mirent à tomber sur les rails du métro. Les « pousseurs » opéraient masqués. Les Africains comprirent vite qu'ils n'étaient pas de taille. Mais Fallou s'obstina. Il finit déchiqueté sous une rame, à la station Saint-Michel. L'agresseur ne fut jamais retrouvé.

Devant le carré des indigents où reposait son frère, il jura de le venger. Un mois après ce serment, le parrain de Calcutta décédait d'une crise cardiaque.

Mendy décida que ce serait son épouse qui payerait le prix du sang. Il ourdit de la brûler vive. Il s'était imaginé mettre le crime sur le dos d'une tradition ancestrale et berner les enquêteurs. Mais, une fois encore, le destin ne lui facilita pas la tâche. Une série de coups de filet au sein des vendeurs contraignirent la mafiosa à quitter Paname.

Retrouver sa trace ne fut pas simple, mais Mendy avait tout son temps. Aidé de compagnons de misère, il extorqua les informations qu'il lui fallait. La femme avait racheté un manoir sur la côte atlantique. Elle continuait d'y gérer ses affaires grâce à un courtier fidèle, l'ancien comptable de son mari. Mendy mit un an avant que le mot « Nantes » soit balancé par un Indien, garrotté et moribond.

Il déboula à la gare de Nantes un matin d'hiver. Il erra des semaines dans la ville, vivant avec les marginaux. Le printemps suivant, il attira l'attention des Serbes. Il fut présenté au Scorpion qui comprit tout le bénéfice qu'il pouvait tirer d'un gaillard comme lui. En échange de la promesse d'un faux passeport, il l'embaucha pour faire le mac. Il surveillerait les filles du quai de la Fosse.

On lui attribua une caisse et une piaule. Il n'avait qu'un mot à dire et une bagasse venait le sucer, à domicile. Le Serbe avait installé ce qu'il nommait son « cabinet de dressage » dans les sous-sols d'une ancienne usine chimique de traitement de métaux. Mendy donnait volontiers de sa personne pour « débourrer » les plus récalcitrantes.

Sa nouvelle vie lui convenait, il avait tout le temps pour resserrer les mailles de son filet. Il n'oubliait pas Ajita.

Un jour, alors qu'il faisait le tour des restaurants indiens, prétextant chercher un boulot de plongeur, il retrouva la trace du comptable. Il logeait dans un édifice minable, quartier des docks. Approcher son repaire ne fut pas aisé, le secteur grouillait de chiens errants. Mais son obstination paya. Il le prit en filature depuis l'Udaipur cantine et ne le lâcha plus jusqu'à l'hôtel du fleuve. Quand Jamak Sunsi tomba entre ses mains, il était prêt. Le vieux était un dur à cuire, il lui fallut toute la nuit pour lui faire cracher le morceau : Ajita finissait ses jours aux Agapanthes. Une mafiosa en maison de retraite !

Une des putes qu'il surveillait frayait parmi un groupe d'*escort boys*. Le client de l'un d'eux était restaurateur sur la côte, il cherchait une pédale pour son frère. Le frangin était cuistot dans un hospice pour débris cossus. C'était la chance que Mendy attendait. Un soir, il délesta un paquet de fric au Scorpion et fila en direction des plages, au volant d'une de ses bagnoles. Comme il était bien foutu, il n'eut aucun mal à s'attirer les faveurs de Tony Chenevez, qui l'embaucha aussitôt. Une fois dans la place, il prit le temps d'observer les allées et venues, qui était de garde et où se trouvaient les chambres des résidents. La grosse Solange passait souvent se bâfrer en cuisine. Un jour, son trousseau resta sur le plan de travail. Mendy s'empressa de le récupérer. Le jour, il se faisait discret au fond des cuisines ; le soir, il maraudait en quête d'Ajita. C'est encore cette gourdasse de Solange qui le conduisit droit au bureau du gériatre ; il tomba sur la réserve de drogues. Elle était venue pleurer dans les bras de Tony après la disparition du passe, maudissant son étourderie, cherchant partout comme une folle. Les clefs ouvraient les portes du bureau de Félix Gardon. Elle craignait pour sa place. Au même moment, Mendy se trouvait dans un cagibi attenant aux fourneaux. Il ne perdit rien de la discussion.

Mendy avait vu Jlevic tester parfois ses méthamphétamines sur une Nigériane qui jouait l'effrontée. Faire une injection n'était pas sorcier. Dans l'armoire de Gardon, il prit des flacons au petit bonheur la chance. C'est en surfant sur Internet, dans un cybercafé, qu'il comprit ce qu'était la succinylcholine. Il en possédait deux fioles.

35

— Eh merde, pourquoi la batterie déconne ? fit Charolle en bougonnant.

— Tu as vérifié que la prise était bien sur le secteur ? lâcha Isabelle.

Le commandant s'inclina et rajusta la connectique. Il remit le portable sur ses genoux et leva la tête vers Mendy.

— On continue ?

Le Sénégalais avait appris à se faire discret. Le jour il bossait dans l'arrière-cuisine, Tony déboulait souvent à l'improviste. Il lui demandait de se cacher, parfois de baisser son pantalon et de l'attendre, accroupi dans le noir.

Il trouva la chambre d'Ajita en moins d'une semaine. Le soir précédant la nuit du crime, il dissimula la bagnole sur un sentier de la forêt de Machecoul. Quelques heures avant l'aube, il regagna les Agapanthes. Il y avait à l'arrière une entrée qui servait aux livreurs : le passe s'en chargea. Pendant que Solange et Gisèle bâillaient devant le téléviseur, Mendy se faufila jusqu'à la piaule d'Ajita. Il ouvrit la porte et profita du sommeil de la vieille pour neutraliser le détecteur de fumée. En cuisine, Tony lui avait montré comment faire, avant de lancer les grillades.

Devant le lit d'Ajita, ses doigts cramponnaient fiévreusement un rouleau d'adhésif, le même que pour Sunsi.

Mendy était au bout du chemin. Elle ronflait comme une bienheureuse. Tout sentiment de haine l'avait abandonné. Il était juste concentré sur ce qu'il avait à faire.

Quand elle avait reçu la main rouge, elle avait compris ce qui l'attendait. Il était venu pour ça. Mendy aurait pu l'étouffer sous son propre oreiller, ces connes d'infirmières concluraient à une mort naturelle. Mais il gardait en lui la conscience de ses aïeux : la transe des Gnawas et leurs danses au son des tambours. Il devait respecter les traditions, même celles qui lui étaient étrangères. Alors, il tira une chaise près du lit et réveilla doucement la petite vieille. Il était sûr qu'elle n'allait pas crier. Mendy lui parla longtemps, à voix basse.

Tout en devisant, il préparait sa bouteille de méthanol, la seringue et le flacon de succinylcholine.

— Je vais te laisser rejoindre ton mari et devenir, toi aussi, une déesse Sati.

Elle avait roulé des yeux horrifiés tout autour d'elle, mais la sonnette du lit n'était plus à sa portée, Mendy avait fait ce qu'il fallait.

— Je peux t'administrer une drogue anesthésiante, tu mourras tranquillement, par asphyxie. Les flammes ne te feront pas souffrir. Si tu refuses, je te bâillonnerai et j'utiliserai ça. Il montra la lame d'un couteau qui accrochait la lumière de la lampe.

Alors, Mendy enfonça l'aiguille dans la peau ridée. En lui tenant la nuque, il appuya violemment sur le piston et plongea son regard dans le sien.

— C'est pour Fallou, ordure !

Le liquide la brûla en violant l'intérieur de sa veine. Elle voulut hurler, mais Mendy, d'une main, couvrait sa bouche. Il resta ainsi, attentif aux tressautements de la vieille. Ses muscles commencèrent à se tétaniser et sa respiration devint sifflante. Elle ne pouvait déjà plus parler.

Il répandit le carburant sur sa chemise de nuit en quantité généreuse.

Elle était sidérée ; la mort était proche.

Il prit une boîte d'allumettes, en craqua une. Il la maintenait au-dessus de la silhouette, raide et oléiforme.

— Une dernière chose, avant que tu n'atteignes le nirvana. La drogue que je t'ai administrée a des vertus paralysantes, tu dois t'en rendre compte. En revanche, elle ne protège pas de la douleur…

Sur ces mots, il lâcha la frotteuse qui embrasa tout le lit.

Pendant que les flammes la dévoraient vive, les yeux d'Ajita semblaient jaillir de leurs orbites.

Mendy récupéra les clefs de la chambre, l'Indienne les avait posées sur la table de nuit après s'être enfermée. Il entra l'une d'elles à demi dans la serrure et ferma doucement la porte. Il donna un coup d'épaule, elles cliquetèrent en tombant de l'autre côté. Avec le passe, il verrouilla derrière lui et gagna la sortie.

36

Il lui fallait de l'air : Christian fit une pause dans l'audition. Les policiers s'offrirent un café près du kiosque à journaux du CHU. Ils n'échangèrent pas un mot, sonnés par les révélations en cascade.

En revenant dans la chambre, le commandant toisa le jeune Sénégalais.

— C'est quoi, toutes ces griffures que tu as sur la gueule ?

L'autre souleva son tee-shirt et dévoila d'autres scarifications qui labouraient son torse.

— Le Serbe m'avait promis un passeport et pris en photo pour en confectionner un. Après m'être tiré avec le fric, je ne risquais pas de retourner à l'usine. J'ai voulu filer à Paris, mais il m'a retrouvé. Il a dit qu'il allait me brûler dans l'acide, mais qu'avant, les filles s'occuperaient de mes couilles. Il m'a laissé avec ces folles qui rêvaient de m'étriper. Elles ont tenté de me crever les yeux, de m'arracher la bite. J'en ai bugné plusieurs avant qu'elles commencent à me découper. Elles moisissaient depuis longtemps dans la cellule, ça m'a permis de tenir la distance. Je ne pouvais pas fermer l'œil, elles m'auraient sauté dessus aussitôt. Le lendemain, un des Serbes est venu me chercher, j'ai cru que c'était pour en finir. Une odeur bizarre flottait dans l'air et, alors, il y a eu des tirs à l'étage. Il a dû penser à une descente de police, il a filé droit vers la sortie en brandissant son calibre. C'est vous qui m'avez appris ce qui s'était passé, que le Scorpion avait pété les plombs et flingué tous les autres. Moi, je me suis planqué dans les sous-sols, derrière des gravats.

— Pourquoi tenter de tuer Veluska ?

— Elle voulait libérer les filles ; si elle l'avait fait, je pouvais réciter mes prières.

Charolle le regarda un moment.

— T'as rien à ajouter ?

— Mon frère dort en paix.

37

Les gendarmes firent sortir Mendy, menotté, du cabinet de Pajole. Il venait de lui signifier sa mise en examen.

Donnadieu et Charolle patientaient dans le couloir. Le magistrat les invita à entrer.

Il se cala au fond de son fauteuil, bras croisés, un sourire indéfinissable aux lèvres.

Donnadieu l'interrogea du regard.

— J'ai signé l'ordonnance de placement en détention de Mendy. La balle est dans le camp du juge des libertés ; compte tenu de la gravité des faits, je ne doute pas de son incarcération.

Les deux policiers laissèrent éclater leur joie.

— Vous déjeunez avec moi ? Je régale, dit Pajole.

Malgré les cernes sous ses yeux, il semblait inhabituellement guilleret.

*

Bastien s'était rapproché du bord du terrain pour récupérer son ballon de foot. Il était tout fier avec son tee-shirt du FC Barcelone siglé avec son prénom dans le dos : un cadeau de Bruno. Près des buts, ses équipiers lui disaient de se dépêcher. La mi-temps approchait, il fallait absolument égaliser.

Le flic et Marianne se tenaient ensemble, debout près de la balustrade. Bastien était à quelques mètres. Elle admirait son fils. Bruno se forçait à sourire.

— Tu devrais y retourner, ils t'attendent.

— D'accord, Bruno, mais je vais marquer, tu vas voir ! Tu me regardes bien, hein ?

Il hocha la tête.

Quand il fut loin, il serra Marianne un peu plus fort. Il voulait qu'elle sente qu'elle n'était pas seule.

— Georges ne reviendra pas.

Un silence. Les cris des gamins qui jouent au loin.

Elle se tourna vers lui.

Il observait droit devant la silhouette de Bastien.

— On a retrouvé la clef de sa voiture dans le repaire des Serbes. Il y avait aussi un bout de sa veste. Il n'est pas très difficile de comprendre ce qui a pu se passer. Près de la clef se trouvait une échelle qui menait à une plateforme, juste au-dessus d'une cuve. On a prélevé des traces de sang, c'est le sien : les techniciens sont formels. Je suis vraiment désolé, Marianne.

Une clameur jaillit sur la pelouse.

Bastien venait de marquer, il levait les bras en signe de victoire et les regardait en riant.

Marianne fit mine d'applaudir.

Elle pleurait.

*

Donnadieu prit la bouteille de Bourgueil et s'occupa de leurs verres.

— Tout de même, il y a une chose que je ne saisis pas. Qui était ce gamin sur la photo, aux côtés du parrain de Calcutta ?

— Giri Saanee ? fit Christian.

— Oui. Cet enfant, d'où vient-il et que lui est-il arrivé ?

Pajole affichait un air espiègle.

— Le gosse n'en était pas un, c'était probablement Ajita.

— Comment diable ?

— Eh bien, nous ne saurons jamais toute la vérité, mais Saanee a dû recueillir Ajita enfant, à l'orphelinat. Comme les fillettes n'ont pas de valeur et qu'un chef de gang doit veiller à sa réputation, il l'a habillée et peignée comme un marmot, pendant des années. Quand Ajita a commencé à devenir une femme, il l'a épousée. Comme s'il venait de la rencontrer. La ficelle était grosse, mais qui aurait osé parler ?

— Alors, il y avait un peu de bienveillance dans le cœur de ce bandit ? fit Charolle en piquant sa fourchette dans le magret.

— Et s'il l'avait épousée pour la protéger ? Leur alliance a pu rester platonique.

— Un mystère de plus, grommela Donnadieu.

— C'est ce qui fait le charme du métier.

Sur ces mots, Pajole leva un toast.

Épilogue

Quand il entra dans le bureau, le président du tribunal se leva lourdement pour venir lui serrer la main.

— Je t'en prie, Rémi. Prends une chaise.

Benjamin Mornay était d'humeur joviale. Après avoir fait le tour des différents marronniers de la vie judiciaire, il chaussa ses lunettes et sourit en parcourant un feuillet.

— Une cellule de prostitution et un laboratoire clandestin démantelés, une enquête criminelle résolue, eh bien, monsieur le juge d'instruction, je ne sais plus où donner de l'accolade. Toutes mes félicitations !

Pajole hocha brièvement la tête, les compliments se faisaient rares. Il fallait apprécier les revirements de jurisprudence. Même de courte durée.

Le visage du président prit une expression maussade.

— Je voulais te voir pour te parler de la prochaine nomination du doyen des juges d'instruction. Rémi, c'est toi le plus ancien, tu le sais. La place te revient de droit. À ce propos, nous n'en avons jamais discuté, tu es entré tard dans la magistrature, pourquoi donc ?

— J'ai été dix ans avocat. Ça marchait bien, mais je me sentais spectateur ; je rêvais de tenir les commandes, de sentir le grésillement du charbon dans cette grande chaudière qu'est la Justice.

— Tu aurais pu gravir les échelons plus vite, devenir vice-président d'un TGI…

— J'ai préféré rester à Nantes.

— Pour ton fils ? Pardon, je…

Pajole eut un geste las.

— Il était amoureux fou de la fille de Marceau et il préparait son concours avec tellement de rage. J'ai pensé pouvoir le conseiller. Et puis, il avait perdu sa mère : il avait besoin de moi, pas d'un type vivant dans les courants d'air.

Cette confidence entraînait la discussion sur une pente où le président Mornay n'était pas à son aise. Il recentra.

— Bah, tu auras ton bâton de maréchal, comme nous tous. Ce sera au chien fidèle, voilà tout.

Pajole s'était refermé sur lui-même, ses yeux traînassaient sur le papier peint. Un calendrier était accroché au mur : une plage des Caraïbes avec le mois en cours. Un frisson de stupeur le traversa. Le 12 juin ! Comment avait-il pu oublier ?

Les paroles du président se noyaient dans le brouillard.

— Avant-hier, Marceau m'a transmis ses observations annuelles sur le fonctionnement des cabinets d'instruction. Le TGI de Nantes est à peine évoqué, mais il y a deux ou trois remarques assez rêches. C'est d'un jésuitisme achevé, il faut chercher l'implicite. Tu n'es pas nommément cité, bien sûr. Mais la Chancellerie générale a été destinataire de violentes récriminations, c'est descendu au niveau de la cour d'appel. Officieusement, les critiques portent sur la façon dont tu aurais mené tes entretiens avec Jean-Charles Dupré. Les accointances de ce type sont impressionnantes. C'est vrai que tu lui as demandé de se déchausser devant toi ? (Benjamin Mornay s'esclaffait.) Seigneur, j'aurais payé cher pour voir ça !

Le président avait baissé les yeux, il poursuivait d'une voix monocorde :

— Rémi, je t'ai défendu bec et ongles. Mais mets-toi à ma place une seconde : Marceau ne comprendrait pas que je te nomme doyen. Les propos acerbes de la Chancellerie lui ont servi ta tête sur un plateau. J'ai dû désigner Lionnel Beaujean. Il est plus jeune que toi, mais d'un niveau hiérarchique plus élevé. L'un dans l'autre, c'est son tour.

Le reste de leur discussion lui échappa. Pajole crut entendre le mot « vacances » dans la bouche de Mornay au moment où il le raccompagnait.

En quittant à pied le palais de justice, il sentit le tranchet du souvenir lui fouailler le ventre. Son fils avait croisé la mort un 13 juin. Demain, c'était le funeste anniversaire. Cinq ans, jour pour jour. Chaque année, il achetait des fleurs et entamait le douloureux pèlerinage jusqu'à Pornic ; la borne en pierre où la tête de Benjamin s'était fracassée. Elle le narguait chaque fois.

Dans sa maison, place Mellinet, il s'assit à la table de la cuisine. Il n'y avait pas un bruit, l'horloge annonçait 20 heures. Après un moment, il se leva et se dirigea vers la chambre du jeune homme. La serrure était fermée. Il se mit fébrilement à chercher la clef dans les commodes et les tiroirs. Il jetait tout au sol en pestant. Après une demi-heure de vaines fouilles, le regard exalté, il descendit au jardin et entra dans la remise. Il prit un maillet qu'il avait acheté pour planter la clôture. C'était il y a bien longtemps. Il remonta à l'étage et se rua sur la porte. Il frappait en ahanant de grands coups sourds. La planche protesta, puis des éclats de bois giclèrent dans tous les sens. Il réussit à fendre un battant et à tout défoncer. Une odeur de vieille poussière lui irrita le nez. Une fois dans la pièce, il ouvrit les volets qui couinèrent.

Les affiches des concerts, les cours de la faculté de droit et les médailles du club de natation : rien n'avait bougé. Pajole s'adossa contre l'huisserie, se laissa glisser sur la moquette et sanglota tout bas.

La nuit était là. Il se leva et partit chercher un sac-poubelle. Dans la chambre, il le remplit avec tout ce qui passait à sa portée. Il arrachait les posters, jetait les bibelots en vrac pour ne conserver que les photos de Benjamin.

Il tira le sac dans l'escalier et sortit. Avec de vieilles cagettes montées de la cave, il fit un feu.

Les nuages s'effilochaient, les étoiles brochaient le ciel.

Il s'allongea sur la pelouse et fixa la voûte céleste. Le vent se levait à peine.

Ses yeux se fermèrent et, bientôt, il ne bougea plus. Endormi.

*

Le préfet de région achevait le traditionnel discours de vœux aux forces de l'ordre. À la fin, il évoqua le départ de la patronne du SDIG.

— Alors que la commissaire divisionnaire Lucie Levy s'apprête à quitter notre belle région, appelée à Paris pour de plus hautes fonctions, j'aimerais saluer son implication sans faille au sein de l'Information générale. La relève sera assurée par le commissaire Donnadieu, ancien patron de la PJ de Nantes, dont les journaux ont couvert les derniers faits d'armes.

Les applaudissements crépitèrent et le buffet essuya une première vague d'assoiffés.

Jacques Donnadieu vit du coin de l'œil ses hommes qui se dirigeaient vers la sortie.

Il fit signe à Charolle.

— Vous ne buvez pas un coup ?

— Désolé, mais on a promis à Bruno de l'aider pour son déménagement. On a tous posé notre après-midi. Au fait, félicitations, monsieur le chef du SDIG. Le jour de gloire est enfin arrivé.

— Eh oui, on dirait bien. J'ai attendu trente ans ma couronne de laurier.

— Lucie ne fait pas trop la gueule ?

— Elle s'en remettra. Elle sera contrôleuse générale avant Noël. Mais dis-moi, mon successeur, vous le trouvez comment ?

— Jeune, des idées bien arrêtées sur tout. On fera avec, comme d'hab.

Son ancien adjoint lui serra la main et prit congé.

*

Devant la préfecture, le onze mètres cubes patientait au soleil. Bruno et Isabelle bavardaient en fumant. Il se tourna vers la capitaine.

— J'ai dit à notre cher commandant que je vous invitais au resto ce soir : après l'effort, le réconfort.

— C'est gentil de ta part, mais j'ai déjà quelque chose de prévu.

— Ne serait-ce pas ce Jérôme qui a cherché à te joindre au téléphone, hier ?

Un peu de rouge éclaira ses joues. Elle semblait heureuse.

— Marianne est à l'appart ? demanda Charolle en les rejoignant.

— Oui, elle a regroupé les cartons.

Bruno écrasa son mégot du pied.

Christian tira la portière, s'assit au volant et mit le contact.

— Alors ça y est, finie, la vie de patachon ?

— On dirait bien, répliqua Bruno. Mais démarre donc, avant que je change d'avis !

*

Veluska se dépêcha de décrocher. C'était Bruno.

— Je suis contente de te parler, ça faisait longtemps. Tu vas bien ? Je n'ai pas eu l'occasion de te remercier, mais l'appartement est génial. C'est un T2 tout neuf. Le bailleur social m'a dit que j'aurais une chambre de plus l'année prochaine, si j'en fais la demande. Sans toi, je serais encore à la rue.

Bruno éteignit le bout de sa cigarette sur le rebord du balcon. Il jeta un œil vers le salon, Marianne devait être dans la cuisine, occupée à surveiller les devoirs de son fils. Il fit coulisser la porte-fenêtre.

— C'est le bébé que j'entends derrière toi ?

— Oui. Il a faim, on dirait.

— Tu as décidé de le garder.

— C'est la seule chose que j'ai réussie dans ma vie.

— Et, tu sais qui…

— Le père ? Un con qui a dégagé avant de remarquer que mon ventre s'arrondissait. C'est mieux comme ça. C'est mon affaire, ce gosse.

— Tu vis de quoi ?

Veluska émit un rire clair.

— Te bile pas, je fais plus le trottoir. Fini de me cailler les miches. Le prochain qui me touchera, il devra être plein d'égards et me mériter.

— Je te souhaite bonne chance, Veluska.

Elle sentit une boule qui remontait dans sa gorge. Il lui faisait ses adieux.

— Prends soin de toi, joli cœur.

Elle raccrocha et resta un moment, debout devant le téléphone.

Le bébé dormait paisiblement. Elle déposa un baiser sur son front. C'était doux et chaud.

Elle se dirigea vers le salon.

L'ordinateur était allumé. La webcam aussi. Une fenêtre à gauche de l'écran disait que dix internautes étaient en ligne.

Elle ôta sa robe de chambre et vérifia comme on lui avait appris que les types derrière leur souris étaient bien des membres « premium ».

Veluska s'allongea sur le canapé et ajusta son soutif rouge. Quand elle se sentit prête, elle cliqua et découvrit le premier client de la soirée.

*

Les pneus du taxi crissèrent sur le gravier au moment où il se garait devant la résidence. Le vieil homme à l'arrière prit le bouquet de fleurs.

— Je ne serai pas trop long, dit-il au chauffeur.

— Le compteur tourne, c'est vous qui voyez.

Michel Ravaud ferma la portière et fit quelque pas. C'était les premiers jours du printemps, il faisait étonnamment doux. La belle lumière de l'ouest hourdait la façade des Agapanthes.

Il passa devant l'accueil et la dame derrière son pupitre lui fit un geste amical. Dans les couloirs, il ne reconnaissait plus personne. Depuis cette affaire d'abus de bien social et la démission du directeur, tout avait changé. Solange ne travaillait plus aux Agapanthes : elle était sous contrôle judiciaire, poursuivie pour violences volontaires. Michel avait bien fait de déposer plainte. Pourtant, il lui semblait que son ombre malfaisante collait encore aux murs.

Claire Mayet était dans son lit, le regard fixé sur le poste de télévision allumé en sourdine. On voyait un reportage du *National Geographic* consacré aux guillemots de Troïl, en Antarctique. Les oiseaux plongeaient comme des roquettes dans l'eau glacée. Ils fusaient vers les profondeurs, laissant dans leur sillage des girandoles moutonneuses.

Corinne avait entrouvert la fenêtre. Quand elle aperçut Michel, l'aide-soignante sourit.

Comme chaque fois, l'aviateur disposa les fleurs une à une dans le vase.

Il s'approcha de Claire et lui caressa la joue.

Elle parut réagir ; un souffle d'air charria quelques mots hors de sa bouche. Il se pencha et comprit : « moulin », « lac » et « René ».

Devant sa mine perplexe, Corinne posa une main sur son épaule.

— Son état s'est aggravé, la semaine dernière. Depuis, ses propos sont incohérents. Nous avons dû la mettre sous perfusion, elle refuse toute nourriture.

— René, c'est son ancien mari…

— Vous savez, elle a perdu toute sa mémoire immédiate. Alors, elle repart dans le passé retrouver ceux qu'elle aime.

Il hocha la tête et prit place à ses côtés.

Le soleil baignait la chambre d'une lumière chaude. Corinne sortit en fermant la porte.

Claire était rivée à l'écran. Après un long moment, Michel passa une main devant ses yeux : elle n'eut pas de réaction. Il finit par se lever et l'embrassa.

— Adieu, Claire, murmura-t-il.

Il tendit une main vers son manteau et la contempla une dernière fois.

En gagnant la sortie, Michel était lunaire. Il avait soixante et onze ans. Qu'allait-il faire, désormais ? Moisir dans sa nouvelle demeure, un domicile de services pour seniors de la butte Sainte-Anne, et attendre la fin ? Bien sûr, il souffrait de paranoïa, mais le psychiatre qui le suivait n'y voyait rien qui justifie un internement. Il suffisait qu'il prenne ses cachets. Un flic lui avait dit qu'elle l'avait sauvé, d'une certaine façon.

Il s'assit à l'arrière du taxi. Sur la banquette, sa petite valise.

— On fait quoi, m'sieur ? fit le chauffeur. Je vous ramène à Chantenay ?

Michel plongea une main dans la poche de son manteau. Il sortit une photo en noir et blanc, rapiécée au ruban adhésif. C'était un jeune couple qui souriait, enlacé devant un pub de Queen's Walk.

Il y avait aussi une carte postée de Birmingham, quelques mois plus tôt.

Isabelle Mayet était parvenue à retrouver la trace de la fille sur l'image. C'était son amour de jeunesse. Elle vivait toujours en Angleterre, s'était mariée et avait deux enfants. Depuis six ans, elle était veuve.

Dernière la carte, il y avait une adresse et un numéro de téléphone.

Le chauffeur s'impatientait.

— Vous vous décidez, l'ancien ?

Michel posa la carte et la photo sur ses genoux et le regarda en souriant.

— À l'aéroport. J'ai un avion à prendre.

Table

REMERCIEMENTS

Un grand merci à mes relecteurs fidèles : Robert, Michel, Isabelle mais aussi Rodolphe, Pascal et Anna. Merci à Frédéric de la brigade criminelle de Nantes pour ses conseils techniques.

Et surtout, un grand merci à ma tendre Betty qui suit mes échappées littéraires avec patience et compréhension.

Du même auteur :

La Ligne des rats, Odin, 2009.

Le Vallon des Parques, Éditions du Toucan, 2013 ; poche, 2014.

La Trace du silure, Éditions du Toucan, 2014 ; Le Livre de Poche, 2018.

Sous la ville, Éditions du Toucan, 2016 ; poche, 2018.

Tension extrême, Éditions Fayard, 2017, prix du Quai des Orfèvres, 2018.

Pire que le mal, Éditions du Toucan, 2017 ; poche, 2018.

Parasite, Mazarine, 2019 ; Le Livre de Poche, 2020.

Sauve-la, Fayard, 2020 ; Le Livre de Poche, 2021, prix Cognac du meilleur roman francophone 2020, prix du roman Cyber Agora 41.

Le Royaume du fleuve, Michel Lafon, 2021 ; poche, 2022.

Sara : elle veille sur vous, Fayard, 2022 ; Le Livre de Poche, 2023.

Veritas, Fayard, 2024.

sylvainforge.webnode.fr

SYLVAIN FORGE
SARA
ELLE VEILLE SUR VOUS
Le Livre de Poche

SYLVAIN FORGE
SAUVE-LA
Le Livre de Poche

SYLVAIN FORGE
PARASITE
policier
Le Livre de Poche

SYLVAIN FORGE
LA TRACE DU SILURE
Le Livre de Poche

Disponible aux éditions Fayard

PAPIER CERTIFIÉ

Le Livre de Poche s'engage pour l'environnement en réduisant l'empreinte carbone de ses livres. Celle de cet exemplaire est de :
200 g éq. CO_2
Rendez-vous sur
www.livredepoche-durable.fr

Composition réalisée par Soft Office

Achevé d'imprimer en novembre 2024 en France par
MAURY IMPRIMEUR – 45300 Manchecourt
Dépôt légal 1re publication : novembre 2024
N° d'impression : 280914
LIBRAIRIE GÉNÉRALE FRANÇAISE
21, rue du Montparnasse – 75298 Paris Cedex 06

28/1412/3